原配

叶倾城◎著

我是问九信的原配。

十三岁相遇，二十三岁相嫁，然后相守至今。

如此简单完美，仿佛神仙眷侣。

然而——也许完全不是这么回事。

我与九信是高中同学。我五岁上学，读到高中也才十三，同学们都比我大，九信也是，大我两岁。记住他因他奇异的姓氏，然而单纯的年代，单纯的年纪，尚不足以让我注意到那个坐在教室最后一排的少年，是如何地沉默英俊。

那年学校正开始实行课间餐，因是新生事物，学校的态度——几乎可以引一句电影海报上的话：隆重推出。实验中学是省级重点，同学少年多不贱，也积极配合。每天上午第二节课后，一室的热面包香及欢声笑语，缭绕拥集，好像是人间天堂。

我自然是当中一员，直到有一天，我不经意地回头，看到一个瘦长的身影正顾自起身，目不斜视地穿过教室，消失在门旁。

那个衣衫单薄的少年长久地站在空寂的走廊里，背对着整个的热闹，伫立的身影像一根钉子，风一阵阵掀他洗得褪色的衣襟。

日复一日，在我们一室春风之际，他离开。

——九信是班上唯一没有订课间餐的人。

依稀知道他没有父亲，与母亲相依为命，他过时陈旧的衣着说着他贫困的家境。贫困，在我概念里，应如卖火柴的小女孩，瑟瑟发抖的，乞怜的，无助的，然而……

隔窗我看见他骄傲的背影。

我惊奇于他的骄傲，并且被深深吸引。

我记得那天，薄凉如丝的风，挟着时断时续流苏般细丽的雨。天气骤凉，手里握着温热的面包，我却油然想起长廊里的少年。这样冷的天，他却仍是单薄的旧衣，吃点面包暖一暖会好一些吧？

他看见我，一怔。我把面包递过去："哎，给你吃。"

他蓦地愣住，整张脸涨得通红，却不动。我只以为他不好意思，抬眼看他，轻轻说："你吃呀。"见他仍不动，我顺手将面包搁在栏杆上。

没想到他箭一样抄起来，一把就扔到了楼外的雨雾里。我陡然受惊，不知所措，"啊"地叫出了声，泪水夺眶而出。

第四节课的下课铃一响，同学们蜂拥而出，偌大的教室在刹那间空落下来。只有一个脚步声，在我身侧，犹豫。他的。我倔强地转身，一眶的泪，忍了又忍。我恨这个不知好歹的男孩。终于听见，脚步声，迟疑地远去。

然而只几分钟后他便冲上了楼，一身的湿，大步走向我的姿态里有一种坚决。而他的手里，分明是那个被丢出去的面包。

他停在我面前，我在泪光里怒目以视。

片刻的静寂。

我突然尖叫一声，直扑过去想阻挡，但是已经来不及了——他有力的手牢牢地抓住我，我只能惊骇地看着他，把那个混合了雨水、泥沙，被人踩得不成形，被脏水浸泡得肿胀的面包，一口一口地吃了下去。

我目瞪口呆。

他终于艰难地吞下了最后一口，拍拍手上的泥土，定定地看着我，忽然，深深地笑了。

那男孩，笑起来颊上有深深的酒窝。

我在瞬间受到巨大的震撼。

从那一刻起我不再有别的选择。

当时并不知道，只是喜欢与他在一起。放学时稍微晚走一会儿，同学们一哄而散，听见他的脚步声，沉静地靠近。抬头，相视而笑，然后并肩而行。我一路家事国事天下事，滔滔不绝。

喜欢一边说一边一根根扳他的手指:"我大姐叫叶朱,我二姐叫叶紫,嘿,大红大紫,可见我爸我妈的宏图大略。可是到了我。我叫叶青,我只是一片绿色的叶子……"他泰半不说什么,只是安静地听。

我又问他:"你的姓那么奇怪,多难起名字。那你父亲叫什么?"

他过了一会儿才回答我:"我随我母亲姓。"

我很好奇:"为什么?"

他沉默了很久:"我是遗腹子,我没有见过我父亲。"

"遗腹子为什么就不跟父亲的姓?"我愈加好奇。

九信微笑:"叶青,你的为什么实在太多了,你是一套会走路的《十万个为什么》。"

我理所当然地应该生气。于是一嘟嘴,丢开他的手,脚下加快了速度,三步两步把他甩在后面。总是在某一个拥挤的路口,在红灯前,在整个城市的车声人声里,我装着全神贯注地看前方。

他在我耳边悄声说:"算我说错了,你不是一套,你顶多也就是一本分册。"

我忍不住笑。

他轻轻一牵我的手。

我不经意转头一瞥:呀,九信长高了。肩不知不觉地宽,夹克袖管里,隐隐透出手臂上的肌肉如垒。身上有热气,在向四周喷薄而出,如此强盛茂密,却又无声无息,

仿佛炉中火焰

我的呼吸陡然一窒。

不自觉，便挣开他，三两步跳上台阶，细细浏览沿街小店，只一下，就把刚刚闲气都忘，探手招呼他也过来看。

是一只圆头圆脑的小笨鞋，鞋口的小老鼠，灰绒绒的，探出半身，尖尖小脸上，满是稚气警觉，仿佛在窥测周围可有猫的痕迹。

那神情，像一只眼睛在偷看包了物理书皮的《天龙八部》，另一只随时盯着门；又像两只手都伸向巧克力了，耳朵却竖得老高。

我连声问九信："像不像我，看，像不像我？"

最后店主手里的报纸大旗一样挥舞："走走走，没钱看么事看，害老子废这久话，生意都是你们这些人搞坏的……"有几下，扫到了我手臂上。

几乎是脚不沾地被撵到街上去。

而太阳正圆圆胖胖落下，像一个笑脸，被迎头一击，眼前轰地黑了。

只是这样小、这样小的一个喜欢。

我一路一声不吭，往前直冲，九信却突然说："等你生日，我送你。"

我一怔，脚下几乎刹不了车，急问："真的？"

他答："真的。"

我追问："你哪里有钱？"

九信答："你别管。"惯常不多言语，腮上隐隐一现棱角。

我倒有点忐忑，不知该说什么："好贵的，算了，我也不是真那么喜欢……"九信已经把我用力一拉："快跑，车来了。"

回家自然免不了捱惯的骂："又这么晚回来，干什么去了…"我免不了说惯的借口："车不好搭，人多，挤不上去嘛……"

那时二姐尚未出国，也帮腔："那就在教室把作业做完再走嘛，又避过了高峰期，时间也节约了。大好的时间，何必要浪费在生活琐事上？"

我唯唯："是是是。""对对对。""我知道，我明白，我懂得。"然后诺诺："好好好。""会会会。""一定一定。"

简直像提款机屏幕上那个不断鞠躬的女郎："欢迎您使用柜员机。""您的指令已被接纳，正在操作。""您走好，下次再来。"

但我心中另有一张嘴在说：大好的时间，何必浪费在学习上？

我几乎不记得大姐的样子。

午夜朦胧醒来时，晕黄灯下永远是同样俯案的身影，身侧书山无路。竟然看不出，是半夜十一点，还是凌晨五点，仿佛时光亦惊动于一个人的坚韧，怯怯退避一旁。

原配

在收到哥伦比亚大学通知书的那晚，从没见大姐笑得那样开心过，而她眼角已有皱纹，如镜面细致划痕，自此终不肯退。

那年大姐三十岁。从此父母教育我和二姐时就说："女孩子心一浮功课就泡汤了，你看你们大姐，学习期间，绝不谈情说爱……"

但是，有没有男孩子温柔地执过她的手，在车水马龙的街上将她护在身后？而我家窗前的栀子花，春来五月香得动声动色，令人想要溅泪的时候，她会不会也从书本上抬起眼睛呢？

她出国之后多年，我坐在窗前看小说，花香将纸页上的爱情传奇薰染如梦，我却突然在纸页的空白幽幽浮起，永不知晓答案的问题。

父亲在席间喜极而醉，大姐只是疲倦地低下头去，双手按摩眼珠："眼睛好累，发涩，看东西都是雾的——听说美国配眼镜贵，要多配几副带出去。"

学习便是这样黯黄的雾里长路，漫漫无际。大姐在越洋来信里写："今天我拿到了大学最高奖项，而我所有的对手都是同胞。我心并不欢喜，也许因为他们羡嫉、痛恨、失望的眼光——竞争如此如此激烈残酷，隐有血腥味道，只为了将来能够有安适平稳的生活。上次照片上男生是我实验室伙伴，爸，妈，我懂得你们意思，但我背负着千钧重担，再无余力承担感情。"

7

而我是夜惊醒，梦见皱纹如藤蔓缠生，迅速淹没大姐的脸。

此时暗中仿佛突然有强烈气息，沉静饱满，一如阳光，我记起九信说："等你生日，我送你。"禁不住微微笑了。

我至愿领取的最高奖项并非学业。

当中……不是没有辛酸回忆的。

——某当红作家曾在自己的专栏里犹自有恨地说："我可以原谅抛弃我的初恋男友，也不能原谅曾欺侮我的小学男生。盖，前者固然是痛得撕心裂腑，却是菊花的刺，血泪里仍有花朵的芳香，我们因这痛而慢慢长大；而后者却是真菌感染，受创处长出牛皮癣来，又痒又痛，又碍观瞻，却连向人哭诉都不能，而且不能治愈，长长远远地痒下去，疼下去。"

所谓深有同感。

我为九信挥过拳。

一直记得那女孩在我耳边喊喊喳喳时惊奇不屑的眼风："呀，你居然跟问九信混在一起，你知道他是什么东西吗？"她是九信的邻居，也是他从小学起的同学。

九信是私生子。

——没人知道那个男人是谁，无论人们怎么对待九信的母亲：胸前挂破鞋的游街；暗室里的关押；无数次地写检查，她都坚决不肯满足人们的好奇心。她在牛棚里生下儿子，然后在最辛苦、最累最脏的翻砂车间里干了一辈子，直至终于患上职业病病休在家。那孩子，从小人人都知道他是野种，在整个家属区，除了骂他、欺侮他、羞辱他，从来没有人和他说一句话。

极度的震骇在刹时间使我失去了反应的能力，我只能呆呆地看着她。她的脸：轻蔑的，厌恶的，自信是好女人，因而有资格把公认的坏女人毫不留情地放在脚下踩的那种理直气壮。

她无所不及地细致描述，重复地、不断地用着同一个形容词：婊子。

我却突然感到了巨大的愤怒。

即使那真是一场错误，但是他们，又怎么可以如此对待九信？

我打断她："我想，她这么做一定有她的原因。"

她满脸的眉飞色舞，被我的一拦，好久好久才能够调整成讪笑："有原因？一个女人没结婚，就有了儿子，这还不是贱，是什么？"

我坚持："也许是一场爱情，当初真心相爱，可是因为某些原因不能结合，一时糊涂留下孩子，是傻，不是坏。"

——我忘了交代时代背景。

那是八十年代末，男女生的来往，被称之为"男孩女孩之间的朦胧感情"；某男某女互通纸条、多说几句话，会引起老师、家长、同学三方四面的大恐慌；女生们私人间

悄悄讨论，"喜欢"和"爱"是不是一回事？

果然她一愣之后，随即眼睛一亮，拉长了声调："是吗？我看，不是问九信的妈有爱情，是你对问九信，有爱情吧？难怪难怪。"

脸上浮起惊奇暧昧的似笑非笑。

我笑吟吟，伸个懒腰："我是没办法啊。我自己满心想的都是爱情，所以看谁都离不开爱情。那你呢，你看这个看那个都是婊子，是不是因为你，自己天天想的都是婊子？你是羡慕人家吧？"

我的攻势完全出乎她的意料，她整张脸通红："你胡说什么？"

我笑："有句话怎么说，以小人之心度君子之腹，小人看谁都是小人。所以啊，看谁都是婊子的人，那自己，恐怕……"

她尖叫："你才是婊子。"

我"哗"地站起，简单结实地扇了她一耳光。

为此，我的高中三年，变得异常艰难。

班主任面前，两个女孩都怯了。她只抽抽嗒嗒："叶青先动手的。"

我亦萎了气势："是你先骂我的。"

事端由来，两人皆含糊其词："随便聊天，也不知道怎么就吵起来了。没有啊，没什么大事……"都知见不得人，因而竟成同谋犯，齐心协力想敷衍过去。

如何瞒得过年过五旬，教龄卅载，被一届一届学生磨炼成老狐狸的班主任，当下冷笑一下，沉下脸："就这么简单吗？"

当头一喝："叶青，当初我特地把你要到我班上，你知道为什么呢？"

随即苦口婆心："你两个姐姐叶朱、叶紫都曾经是我学生，现在两人都学业有成，出国深造。你的聪明不比他们差，我也一样地看重你，要不是早恋影响了你……"

如飞流直下三千尺，如黄河之水天上来，如风行千里不回头，无穷无尽。

终于接近尾声了："……注意力要放到学习上来，争取像叶朱、叶紫一样，她们一个美国、一个加拿大，你就去欧洲吧，哈哈。你看历史上，宋氏三姐妹多么知名，为什么你就不能争取做叶氏三姐妹呢？"

"可是，"我满心疑惑，傻乎乎地问，"宋氏三姐妹之所以名扬天下，只是因为她们嫁的男人出名啊，谁听说过她们做了些什么，又跟读书有什么关系？"

她一呆，笑容刹时冻在脸上，层层变色，仿佛最新款的巧克力脆皮冰淇淋。半晌，整个人瑟瑟发抖，指着我，气得说不出话来："你你你，叶青，你简直太不像话了。"

一夜之间，在学校成为风云人物。

此后遭遇，与所有曾被目为"问题少年"或者"问题少女"的中学生们，并没有多大区别。

　　然这样的日子也渐渐过去，我却不明白，何以九信与我疏远。

　　上了讲台才知道我的想象力及勇气皆不够，在同学们嘲笑轻蔑的目光中我捏紧薄薄的检讨：

　　——却没想到我的眼神会扑空，九信急速低下头去。我的心也仿佛一脚踏空，从十几级台阶上轰轰滚下。我一时失措，有泪欲盈——班主任还是喜欢我的，立刻心软："好了好了，认识错误就可以了，以后改正，这次就算了，下去吧。"

　　九信终不肯抬起头来。

　　而春日的下午那样暖，令人寂寞慌张，我紧紧盯着他：是一次错身，还是自此陌路？

　　第二天，我以前借给他的书静静搁在我抽屉里。他在每一个课间消失，放学后第一个掠过教室后门，我情急地追上去，他瘦高的身影只一晃，湮灭在万头攒动里。

　　但我是为了他呀。我独自站在走廊的栏杆旁，同学们闹哄哄地从我身边涌过去，各个教室里都在扫地，灰尘狂舞，阳光辣而痛，我的眼前生起烟了。我是为了他呀。

　　我遂在上课铃响之后守在教室门口。

　　顷刻间是一条空空的走廊，仿佛洪水退后干涸的河道。听得有脚步声大步流星冲上楼梯，凝住了——

　　九信旧衣沉默，伫立不前。

远远看他，一时极其陌生。

心思如磐：他是看轻我与人打架吗？他是怕承起人说他叫我学坏的责任吗？

九信，犹豫着，进退不得，半晌，吃力地掉过脸去。

长廊如凝固的大浪般扑上来。

莫非我们之间，一直是这般走不到头的漫漫长路。

蓦地羞愤交集，我折身逃回教室。

而小店里的红鞋灰鼠已经卖掉了。

我坐在课桌前许久，眼前却仿佛还是正午无人的小街，阳光烈火熊熊在烧灼我。心像被掰去一块的月饼，内里的五仁莲蓉、各色纷呈都藏不住了。

我叹口气，伸手去掏英语课本，在抽屉角落遇到了柔软。

缓缓地、缓缓地缩回手：

我跳起来。

不顾是午休时间，不顾班上同学都荟萃一堂，不顾我们已经三个月不曾说话，我跳起来："问九信！"

笑和泪花同时挥洒，是一场金色的太阳雨："你真的送我小老鼠？你还记得说过的话？那你为什么不理我，我又没有做什么伤害你的事，到底为什么你不理我？"一连串，憋了这么久。

我们在校园角落的雪松下，松针一直簌簌有声，不断飘落，拂满我们一身。

　　九信却只低头，头仿佛重得抬不起来，半晌全是嗫嚅：
"叶青，对不起，我不是有意瞒着你的。我知道，像我这样
一个人，我这种人……"音调愈来愈徘徊低落。

　　我眼睛大睁："你是哪种人？"

　　九信抬头看我，几度难以启齿，脸上肌肉跳动，声音
几至低不可闻："我，我是私生子啊。"三个字如刀锋斜掠，
刹时间他过往所有伤痕，历历如绘，全现我眼前。

　　我目瞪口呆，然后就轻轻地落下泪来，哽噎难言："干
你什么事？干你什么事？"

　　刹那间我只渴望有时光机器，让我们在更早的时光相
逢，在他寂寞羞辱的童年，在他还不知何谓"私生子"之
前，在他心灵尚柔软温存的时候，大声告诉他：干他什么
事。我还会像对那个女孩一样，给每一个骂他的人一耳光。

　　我只是连声："干你什么事？干你什么事？"泪珠颤抖
地在脸颊上交汇。

　　九信久久凝视着我，忽然以一个极强烈的动作，拥我
入怀，周身灼热，如烧熔的铜。

　　自此，感情生活仿佛水涨春池，青草处处。

　　我们已上高三，家长老师皆不敢轻举妄动，怕后果不
可收拾。我遂与九信光明正大，同出同入。

　　班主任每次突袭，九信不是在教我立体几何："在 A
与 D 之间联一条线，然后，你看，这不就有两个锥形了
吗……"

就是我在教九信英语："错了错了，a butterfly in the stomach（胃中蝴蝶）是胃痛的意思，你还真以为有只蝴蝶有他肚子里啊？……"

她便也省许多话。

直到高考后，同学老师最后一次聚首，依依话别，我的心早如麋鹿，飞奔而去。她却把我叫住，然后慢慢地说："叶青，爱情不是你想象的那样。"

后来谢景生也这样说。

谢景生是我大姐同学，与二姐夫又同过一段事，以世界之大，与我家两度相结，缘分自是非浅。回国后，受托到我家一坐。

第一次见他，是我大二的夏天。我刚游泳回来，与在沙发上端坐的他打个照面，立刻忍俊不禁。

正值八月，户外差不多有 50℃，室内蒸笼一样，电风扇开到最大一档，呼呼吹出来的，都是热风。他却西装革履，衬衣领口扣得一丝不苟，随时有中暑倒下、以身殉衣的危险。

见我笑不可抑，他微露窘态。母亲立时叱责我："这么没礼貌。"又转身对他抱怨，"我这个老三，比不了叶朱、叶紫。不爱学习，长得也一般，还早恋，也不知那男孩看上她什么了，你看她头发乱糟糟的就在外面跑。"

谢景生十分得体地答："怎么会。我刚才还想，叶伯伯

叶伯母这三个女儿，怎么个个都是七彩美女花，秀外慧中，真是羡煞天下人。"

我一听，马屁拍得如此精彩花俏，老爸老妈简直要一直飘到云彩里去了。更是乐得嘴都合不拢，险险不曾笑死。

直到他淡淡说出粉红薯条的故事。

初踏上美国土地的第一个感觉竟是：原来天堂也会下雪。十二月的纽约，大雪纷飞，冰冷刺骨，他数着袋中仅有的二十美元，敲每一家中国餐馆的门："这里要人吗?"

老板上下打量他，微微沉吟，他心一急，忙道："您不要看我瘦，我什么都可以干。"一眼看见旁边有个盛满水的大锅，抢前一步，双手用力一拎。

在众人的惊呼爆发之前，他的双手已迅速知觉沸油的热度，却不能脱手，只能缓缓搁下，慌忙检视，十指上，早已水泡大大小小，红肿透明，痛不可当。却只忍痛，道："没事，没事。"旁人也就笑说：像 pink - yam（粉红薯条）呢。

席间一片沉寂，谢景生忽然神色一定，愕然瞪视。自他镜片的反光里我看见自己的影子，已泪流披面，占据他瞳孔的全部。

此后谢景生视我一如小妹。

哪怕是我与家里最纠缠不清的日子。

母亲一直觉得我应该有更好的未来。

那时，大姐、二姐每个月都寄托福参考书、各大学资料回来，并在每一个昂贵的国际长途电话里谆谆叮嘱我，要苦练外语，尤其是口语，争取早一点考过托福，无论我选择去四季如秋的加拿大或者人间天堂的美国，她们都可以为我担保。

她们寄回的照片里，大姐的背景是枫叶、雪、壁炉中的火焰；二姐的背景是高楼、跑车、扰攘的人群。

镇日里，家里大吵小吵，母亲说："天涯何处无芳草。"

是，我知道，世界很大，好男孩比比皆是，但是属于我的，只有这一个呀。

最后，母亲对谢景生控诉我之种种劣迹。

而谢景生只温和聆听，然后说："叶伯母，叶青的一生还长，她要走的道路，我们只能建议。我去国外十年，见过太多自暴自弃的人生，在餐馆里一混十几年，从一个地下室到另一个地下室，拿不到一张文凭。国外生活艰苦，必需一个坚韧的意志和让我们支撑下去的目标，心不甘情不愿被推上这条路的人，是走不下去的。而到那时，回头已晚。"

母亲沉默半晌，忽然怆然泪下，道："叶朱、叶紫，都不肯说她们到底有多苦啊……"

从此不再为难我。

那时只觉谢景生事事袒护我，便在他面前哭过又哭。

泰半是为了九信。

刚上大学的时候，是鲤鱼跃过龙门的刹那，金磷在阳光下熠熠生辉，一团金色的火焰。看出去，云垂海立，天空低低伏眉，生命中有无穷无尽之可能，而自由与快乐，仿佛皆不过如此，唾手可得。

只是摆脱身世包袱，九信顷刻高飞，在演讲台上赢取掌声，在教室里成为教授宠儿，在竞选中争夺学生会主席。

而我并不曾想过，我与九信之间的距离会无限延伸，必得要眼泪、纠纷、磨砺、痛楚才可填满。

万千心事全诉于谢景生。

喜欢了。不喜欢了。

吵架了。

"成绩好的人那么多，她为什么就一定要跟你借？还不是你自己招来的，根本你心里也很清楚……"

我向谢景生诉苦："谢大哥，你说这人讲不讲理。他居然说，'你每天谢大哥长谢大哥短的，我都不吃醋，我跟女生多讲两句话，你又有什么好醋的？'他也不想想，你都这么老了，难道我还会跟你有什么吗？"

谢景生只微笑。

一时又和好了。

双双靠在轮渡栏杆上，长江上格外长格外舒展的风，吹得衣裳飞飞。看船舷下一道白浪缓缓追逐。随着它来回在两岸间，身边转瞬走空，又有无数人抢上来，我们只贪恋地，不肯下船。直到夕阳渐渐越过我们头顶，映在潋滟江水里，全是金波银浪。

谢景生笑："啊，成长的烦恼。"

我窘笑，却无端心生欢喜。

他突然说："叶青，你要记住一件事。爱情不是你想象的那样。"

我不以为然看他。然他如此郑重与悲悯，仿佛从时间的那一端，对注定的发生，无可奈何的注解。

而只消一次，我便懂得这话的全部。

那是一个下午，我在图书馆看书，九信要下楼有事，我顺口叫他："我不下去吃晚饭了，你给我带一袋饼干来。"

整本书看到最后一页又哗哗翻回来；铅笔在桌上信意捣，捣，捣，笔尖"啪"地断成两截；无数次穿过成列课桌椅，无数声"对不起"之后，到门口打个圈子又回来；隔壁桌的情侣已经吃过饭回来了。

九信果然是在网球场，与他对局的果然是那个蜜色皮肤的南国女郎。

我的眼睛追得死去活来，都赶不上那白色轻盈的小球。他们两人却轻松地奔跑跳跃，手势一张一合，配合默契，是一种随心所欲的潇洒与醉。

而暮色正像一场大病，慢慢地，一点一点地，沉落，沉落，四周万事万物，开始不可抗拒地模糊。

我第一次发现，九信的眼睛在薄暮里是淡褐色，犹如沉泥。

只是一颗可以容于掌心的小球，他的心便再容不下其余？还是为着对面女孩的美丽白短裙？

我静静从他们之间穿过，向场外走去。

"叶青，叶青。"九信追上来，将我肩一扳，"呀，我忘给你带东西了。你吃了没有？"声音里全是自由的喜悦，一无歉意。

我置若罔闻，挣开他，径直向前。

他笑："又聋了又聋了，"千哄万哄，"一点点大的事情。对不起对不起，是我不好，行了吧？又吃醋。根本不相干的，只是大家一起玩一玩，她不会喜欢我的……"

他的汗跌到我小腿上，温柔地一触。

我怒气更生。

猛然站住，回身面对着他，不加犹豫，言词如一刀挥出："那你的意思是，如果她不嫌弃你，你就来者不拒？"

他仿佛一时没有听懂，仍是满满笑意，却渐渐地，渐渐地，笑容浮在空中，与他整个人隔了一尺远。

——相握时无比温柔丰足的手，才能在殴打时格外稳准狠；相吻时温暖如待融的唇，才能把每一个字眼如冰珠般弹出。

只有最亲爱的人，才能伤到对方最畏痛处。

九信只是茫然地、不置信地看着我，向后连退几步，双手不由自主一握——他只是这样手无寸铁的一个人，全无防备，带笑而来，却在顷刻间被刺中练门。

暮色非常快笼罩我们，纵有血肉纷飞，彼此也都看不见。

九信一言不发，只抽身而去。

我的后悔，是心头的一辆压路车，以低沉的闷音轰轰开来，缓慢而坚实，所向披靡，无坚不摧。

我伏在书桌上，许久许久。

身后有人咳嗽一声。

谢景生静静说："我像你这个年纪的时候，也爱过一个人。"

我不响，亦不回身。

"她是我大学邻系的同学。有一年圣诞节玩游戏，在纸箱里摸纸条，凡是同一种颜色的就排在一组。我和她，是唯一两个摸到黑色的人。她是安徽人，同学们就起哄，叫我们唱'树上的鸟儿成双对'，我不肯唱，她却大大方方，又唱董永，又唱七仙女。"

他沉默下来，仿佛就此终结，前尘旧事只是一场起哄般不经意。良久，我终于忍不住："后来呢?"

他声音里淡淡的是笑意，也是感喟："哪里还有后来呢。我出国的时候，她哭了，我只有一遍遍对她说，我一定会回来，我想，她也知道，我说的是谎言。通过几封信，可是我三个月搬了四次家，后来便渐渐失去音信。前几年我偶然到刚出国时住过的宿舍去，没想到那老太太还认得

我，门房地上一个大袋子，全是她的信。"

如此千回百转，我不自觉动容，急切转身，问："她写了什么？"

谢景生微微笑了："我没有看。"

"为什么？"

"因为，"他又笑了，那样的，成年人的，一切都发生了，有它自在合理的逻辑性，因而无从解释亦不必言说的笑，"因为，无论我怎样日思夜想，都想不起她的长相。"

我禁不住"啊"一声。

那应该也是一个暮色里吧。事事皆一样，却又分明事事不同，连记忆带往事悉数被抹去，仿佛她从来不曾存在过。

那些信，他是怎样处理的呢？我想问。可是，那不重要吧？

"你真的爱过她吗？"我问。

谢景生轻轻答："有一度，我以为，她是我的全世界。又有一度，以为我永远不会忘记她。"

我试探地问："是你，负了她？"

问得这样尖锐唐突，是少年人的专利。

谢景生有点尴尬了："谈不上吧。我回国以后，见过她一次，她结婚了，小孩六岁。同学们把我们拉到一起，两个人都半天不敢认，还是她先喊出我的名字。"

久别重逢，并非近情而怯，也没有凝噎无语，竟恍如，从未相识？

若从未相识，又谈何永远？若原本陌路，又有什么
夙缘？

我的惶惑全在谢景生眼里，他说："世界太大了，纽约
有雨，加州的落叶金脆色，伦敦的晴天只像霎一霎眼睛般
疾驰。生命中所有的人都可以被抛在太平洋后面，但你还
是接着活下去，而且寻找自己的未来和快乐。"

"叶青，爱情不是生命里最重要的事。"

每个字都是一只执拗的手，在撼动我，令我摇摆不定。
我的问，那样迫切，仿佛想寻找一份稳定："谢大哥，我该
怎么办？"

"叶青，你也知道你家里人希望你能出国。我个人的观
点呢，不必把出国当做镀金求财的一条路，却可以走一走
万里路，读一读万卷书，到那时，你就不必问任何人该怎
么办了。"

我低声："但我怕吃苦，我不喜欢洗盘子，我怕像大姐
二姐那么苦。"

他笑了，趋前一步，在我用力执着椅背的手上轻轻拍
了一下："谁喜欢洗盘子呢？你不比叶朱、叶紫当年举目无
亲，你有两个姐姐呢，还有我。你信不信任我呢？"

我疑惑地问："你不是回国发展吗？"

"可以回来，还可以再去呀。"

我茫然转身，窗帘半挑，突然是这样圆白迷人的月逼

过来——美国的月亮是否真的会更圆。

我只六神无主。

但母亲却认定我改邪归正，急忙写信给大姐二姐，叫她们购置最新托福指导书，电视、录音机从此没开过。又为我早晚煮甜梨汁。

梨汁白水泥一样厚重，甜得漾人，在喉咙里微微刺痛。

母亲无限愉悦却又强自隐忍的笑容。

世事如此，顺水推舟，容不得任何犹豫和徘徊。我身不由己，被推上征战之路。

学校里渐渐传言：叶青要出国，甩了问九信。

九信并不辩白。

我们仍然每天在同一所校园里生息，从他衣上抖落的落花，被我一脚踏着，却连面也见不到。他不来找我，也不让自己被我找到，他像一滴水，消失在人海茫茫中。

……也好。

渐渐热了。时入五月，空气像沸腾前一瞬的水，种种不安定，喧嚣震动。我却在静夜，在"to"与"fo"用法之间，将面颊贴在冰凉的玻璃窗上。

如果风中有异样动静，会不会是他在同一时刻，以同一心情想起我？

仿佛春蚕到死，思不肯尽。

但窗外，仅只是迢荡如大江东去的黑夜。

天气燠热，太阳君临一切，日渐扩张它的势力。

年年有此一劫。

我白天泡在游泳池，夜晚泡在书堆，也不觉得时光飞跃。两个月漫长暑假过后，或许再见，我们也将不再相识。

傍晚时才从游泳池回来，经过宿舍门房时，守门人从里面喊着追出来："你就叫叶青吧？"

我说："是呀。怎么了？"

"刚刚有人找你。"

瞬间有如魂魄四散，只陡然知觉，头发湿漉漉地贴在额上，而裙子半湿，隐隐透出游泳衣的轮廓，双手往胸前一贴，不知是想遮什么。

急忙问："他人呢？"

"走了。等你半天，刚走了一会儿。是个女的，脸卡黄卡黄的，老在咳，像有病一样。是你家亲戚？"

女的？仿佛连夕阳也昏昏沉沉，一不小心就被乌云抢了地盘。我强笑："师傅谢谢你。"没理会他的继续絮絮，"要她到你家去等，又不肯……"

忽然就来了一阵劲风，梧桐所有的枝叶都跟着摇旗呐喊起来。乌云四合，把天空封得严严实实，万念俱灰。雷声隐隐，自远方传来。

顷刻间大雨倾盆。

连这样急的风，这样猛的雨都不能吹走一场惆怅的

心事。

掩了窗，连那滔天雨势也掩在窗外。屋内还是一个寻常晚上，我在叽哩咕噜背英语单词，谢景生在客厅与母亲聊天，忽然电话响，隔一会儿听见母亲喊我："你的。"

我心不在焉接起："喂?"

只是一片倾倒下来的雨声。

我略略提高声音："喂?"

"……叶青。"

我脑子里正背得滚瓜烂熟的一个单词突然碎掉了，一个字母一个字母溅得到处都是。我觉得自己的喉咙也碎了，半晌聚不成任何声音。

"……你能出来一下吗?"那是九信的声音吗?怎地如此低沉，压抑，每个字都像从地底下挣出来般艰难，"我就在你们宿舍的大门口。"

玻璃窗上全是斜斜雨痕，将夜色里谁家灯火都朦胧，半晌，我认不出九信的方位。

母亲警惕起来："谁的电话?"

我已撂下电话，冲出门外。

远远地，只见四野俱空，万千条雨丝交织纵横，而九信，孤单单站在大门口的空地里，大雨劈头盖脸打下来，仿佛在切割着他。

忽然急痛攻心，我舍了命一般狂奔而去。忘了换鞋，也忘了带雨具，拖鞋打在泥地里，噼噼啪啪，全是巨响，仿佛在身后追着赶着，催我越跑越快。

九信也向我扑过来，脚步像醉酒般踉跄不稳，来不及地接住我。"叶青，叶青。"

我也叫："九信，九信。"

"叶青，我母亲去世了。"雨声震耳欲聋。而我们靠得那样紧，让我看见，他的泪来得比最凶猛的雨还要急骤。

"我从此没有母亲了，"他反反复复，全是悲嘶，"我没有母亲了。"尽情挥洒的泪。

我下意识拥住他，在他背上轻轻拍打："九信，不要哭，你不要哭。"他的重量，他的热度，他的泪，我全知觉了，是我生命中至亲的人，"爱别离，怨长久"。

"我一直以为我恨她。"九信伏在我肩上颤抖，喃喃，"从七岁起，没叫过她妈妈。可是不是的。我一直想，将来赚了钱，要带她一起走，到没人知道她做过错事的地方去。她为什么不等我，为什么不等？"

"九信，九信。"我只一声声唤。

"今天下午我们还在吵架。她对我说，她来找过你，虽然没见着，可是人家都说你是个好女孩，叫我要对你好。我很烦，叫她少管。我没想过，我不知道，如果我知道……"九信说不下去。

任儿子摔盆打碗地恶言相向，母亲只惯常沉默，只是咳嗽声接连不断。良久，她才直起腰来，将遮住嘴的手挪开，掌心全是殷红的血。母亲说："九信，我不行了。"

而她最后一句话是："九信，你以后什么事都可以做，就是不可以做伤害女人的事。"

九信将我拥得那么紧，仿佛怕一松手，我便会化做一缕烟随风而逝。两个湿透的身体紧紧粘在一起，将热量互相传送。他说："我已经失去了母亲，叶青，再也不能失去你了。"

——原来是她。

她将她的儿子托付给我了。

忠孝节义，礼智廉耻。不过八位，第九，却是一个信字？

是她生命中曾有过一个给她伤害、不讲信义的男人？

我在顷刻间泪落如雨，不能自抑。

四周雨声仍急，头上却不明不白地停了。是一把伞。

谢景生只问了一句："叶青，你又不出国了？"

至此，大局已定。

最后我对着母亲掉下泪来。

我说："妈，您的两个女儿两个女婿都是博士、博士后，您还有什么不满足的呢？我只想做一个平凡快乐的普通人，又有什么不好？他家里条件不好，他没有出国的机会，但是我喜欢他呀。"

母亲终于开恩，叫我带九信回家。

九信隆重地来上门，言谈斯文，举止大方。与父亲谈得甚是投机，父亲很满意，说："这小子，将来必有出息。"但是母亲只是默然。

我是那么紧张，焦灼地等待着母亲的回答。她终于叹气："倒宁肯他平庸一点啊，真的有了出息……"

她不再说下去。

磨折数年，双亲的探亲签证批了下来，他们决意长住，却又搁我不下，几番思量，几至不能成行——当然最后还是走了。

我在机场，照例准备恭听上至做人做事下至炒菜洗衣的种种训示。然而母亲紧紧拉住九信的手："以后，你要善待叶青。"

我一呆，然后大哭起来。

就这样嫁了。

婚后一周，谢景生来看望，还在门外便惊呼："连个大红喜字也不贴！"进了门，环顾左右，"怎么，什么家具电器也没买？"瞪大眼睛看我们，"你们就这样结婚了？"摇头苦笑，"像过家家酒一样。"

我在厨房与客厅之间着火一般穿梭，笑着应："没钱嘛，仪式从简。"

谢景生"嗨"一声："难道叶伯伯叶伯母没留钱下来给你们？"

"我老爸老妈千叮万嘱，叫不要轻易动用，说是以备大事的。"

谢景生啼笑皆非："结婚还算不上大事？该用钱的时候就要用。怎么也不跟我商量一下呢？"

九信跨前一步："谢先生，我想爸爸妈妈说的大事，是指有急需急用，生病或者投资，这一类必须用钱的时候。结婚只是个仪式，办不办都无所谓，反正日子还长，家里的东西，也应该用我们自己的钱来买。"

谢景生一愣，笑道："你当然无所谓，我只怕委屈了叶青。终生大事，太草草了。"

我在厨房里应声："谢大哥，我不要紧的，都可以。"

谢景生扬声向我："你大姐二姐知道你这样结了婚，难道不心疼这个小妹。她们也寄了钱回来吧？"

九信不卑不亢答："几位姐姐姐夫的钱，我们就更不能用了。他们在国外辛辛苦苦赚钱，我们大手大脚花用，于情于理都不应该。我早跟叶青商量过，这些钱都存起来，以后等大姐二姐回国，或者在国内置产时，再还给她们。"

——两人皆笑吟吟，客气气，彬彬有礼，言词得体，却硝烟四起。

我第二十八次掀开锅盖后，慌慌张张冲入客厅，顺便灭火："九信，你来看一下，这个鸡蛋羹怎么坚持不肯凝啊？都蒸了半个钟头了。"连拉带推把他弄进厨房。

九信过来："不会吧，"一掀锅盖，低头尝尝，"你放盐了吗？"

我摇头："没有啊。——咦，你不是说，佐料最后再放吗？"

九信顿足："你不放盐，它怎么会凝？我来我来。你陪谢先生坐一下。"

谢景生起身："问九信，你帮叶青善后吧。叶青，我走了，你送我下楼吧。"

楼道里的路灯坏了，我摸索着下楼，谢景生回身扶住我，叮嘱："叶青，以后，要自己照顾自己了。有什么问题，谢大哥总是帮你的。"翻来覆去，总是这几句，仍仿佛意犹未尽，忽然自己也知觉，笑道："我老了。"

下到路灯完好的一段路，我才看清他神色黯然："我第一次见到你，还以为你只有13岁，连你都结婚了。岁月真是催人老。"

我问："谢大哥，你怎么不结婚呢？"

他静寂良久："西式婚礼，是在教堂里举行，新婚夫妇要说……"

我敏捷地接口："我愿意。"

他略略失笑："不是那一句。是前面，我愿生生世世与你为夫妻，无论贫与富，贵与贱，健康或疾病……我要一个这样的女子。"

我真心真意地为他着急："你比我大十四岁，哇，三十七了，"催他，"谢大哥，你抓紧哪。"

他只微笑："可遇不可求。"亲昵地拍拍我，"叶青，你以后会明白。"

有很多事，我的确是后来才慢慢想通的。

比如母亲的沉默。

有相当长一段艰苦黯淡的日子。

我分到一家省直机关工作，衔头甚大，有许多人一听到我的工作单位便肃然起敬，然而不过如此。

一间办公室里，除我，共是二女一男，很高兴我的加入。发现我不懂任何一种纸牌游戏，而且对"关三家"、"拖拉机"统无学习热情，就又很痛苦，中午还是要到隔壁办公室凑角。

对桌女同事整天在说："我儿子可聪明了，才一岁半呢，一看电视上的刘德华就喊爸爸爸爸，伸手要抱。我都跟我老公说，你生在这里是太划不来了，你要是在香港，……"

有一次她老公御驾亲临，连后楼的同事都轰动了，跑来一看究竟。然后悄悄议论："他像刘德华？""你听错了吧，小姚说的是吕方吧，要不然是曾志伟？"

邻桌女同事则是另一番面貌了。

为着我买的圆凳是四块钱一把，而她买的是三块钱一把，足足在我面前夸说了半个月："叶青呀，当家过日子可跟做姑娘不同啦，你要学会杀价啊……"突然发现我买的凳子是四条腿的，而她的只有三条腿，又气得一个星期不理我。后来不知怎么想通了，同是十二块钱十二条腿，她还比我多出一个椅面，才又跟我恢复邦交。

斜对面那位男同事，欣然身处众莺莺燕燕，关于物价及流行，比女将们更精通得道。偶尔与我聊天："小叶，怎么今天有点咳嗽呀，感冒了是不是？昨天晚上……是不是，那个，太过了？年轻人嘛，这个是免不了的。哈哈哈。"

我心里暗骂：……

（以上删去十数，不，数十字。）

月中在提款机上插卡进去，"咔咔咔"吐出单子来："现金不足。"原来，钱是这样一桩易耗品。

九信进了他母亲生前的车辆厂。日子恒常如是：行在路上，背后有人忙推左右："看看。翻砂车间那个女的，你晓得吧？就是那个……"旁边的人忙回头："呀，这么大了唷，都不晓得他老子是谁？"

工厂从来嘈杂，职工惯例高声大嗓。

九信一直在台车车间，一百多大学生，连清华毕业的都不算什么。他做种种粗笨工夫，历年防汛抗洪他都是突击队员——幸好始终是"时刻准备着"阶段。

也没什么。我用医院开的 E 霜擦脸，在后街的小店买衣服，与同事打伙批购丝袜。九信不加班、我们也不吵架的时候，就一起去江边散步，或者去逛书市，还看一块钱一场的录像。

有一次糊里糊涂撞到三级片，被警察连锅端了。百般

解释才相信我们是夫妻，随即面色和缓下来："你们在家里看就是了，跑外头来干什么，孩子小？没房子？哦，没录像机……会有的。"我一只手一直在口袋数人民币数目，生怕罚款。但他只在九信肩头重重拍一下。我事后悄悄笑："勉励你呢。"

九信一路沉默，快到门口，在楼道的漆黑里，他将我用力一抱："叶青……"

忽然不须他说，我已全懂，"唰唰"落下泪来，声音哽咽："我自己愿意的……"

对我而言，生命中的巨大转折便是某一天晚上，九信忽然问我："你信不信，世界上有报应这回事？"

后来才知道，当有人问你"信不信"时，就是他自己已经信了。

那个对九信的母亲始乱终弃的男人，数十年来，宦途得意，好风借力，到达顶尖地位，很少也可能根本不记得当年的年少失足。唯一的遗憾便是小女儿生下来就有严重残疾，不能吞咽，不能说话，终年卧床，只是一堆没有情感意识的死肉。这么多年，倒也认命，何况还有聪明美丽的长女。

没想到，聪明美丽的长女婚后一年生下外孙女，竟至助产士一接到便惨叫一声，松了手，幸被旁边的护士接住。那个孩子，没有人敢去抱他。

一夜之间，家中有两个残疾到不像人的人。

也是他白头的速度。

老妻颤颤巍巍上寺里求签，求出的签语是："自作孽，不可活。"老妻当即中风倒地，救活后半边手足不能运动。

值此内忧外困，还有他的身家地位不能不参加的喜庆事项，其中一项便是车辆厂的厂庆。

在厂门口，由厂领导陪同他参观光荣榜，他立在榜前良久良久，然后指着其中一个名字说：想和这个技术员谈一谈。在简单的例行问题之后，他终于问："你家里还有些什么人？"

到底是因为九信独特的姓氏让他记起生命中的问氏女子？还是真的如他人所说，是父子之间的血脉相连？

九信自此一路直云。

当然曾经坚决否认，说出极其激烈的话，为自己和母亲觉得不平，觉得不甘心。然而那人开出的价格……九信后来对我说："以这样的金钱地位未来交换，要我卖身都干了。"

我尚不适应他的富贵。

九信的父母……我至为好奇。

当然是巧遇，他们没有顺理成章结识的理由。但是就算是巧遇也要有逻辑上的可能性，他是在人群的焦点，她却不过是芸芸众生的一员，他们之间，隔了成千上万无干的人。

我向九信追问细节，且喋喋不休。

九信勃然不悦，后来渐渐反应没有那么激烈，一次大约心情好，笑道："我怎么知道？我只知道，他们认识的时候我还没生下来，"顿一顿，"他们分开，也是我出生以前的事。"

我顿时十分羞愧，再不敢问。

一天九信忽然递给我一张照片："我母亲的，在她的遗物里找到的。"又补一句，"你可能会感兴趣。"

再普通不过的一寸免冠标准照，显然是曾经夹在书本里，天长日久，与纸页粘连，后来硬撕下来，上面全是毛毛的纸斑，泛黄发脆。然而我震惊于照片中女子那无法言说的美丽：长辫，玲珑绰约的五官，略略忧伤的大眼睛，她的眼神似水如烟，难以捉摸……我将照片捧在手里——也许，这就是唯一的理由。

——这种故事是很多的吧？历朝历代。高官显宦与民间美女，偶然因为一段心事绾结在一起，男欢女爱之际，也不会一点感情也没有吧？然而她不过是他的闲花野草，到底是始乱终弃，他仍旧是他，而九信的母亲……

如果不是因为他妻子基因里可怕的遗传因素……

如果他和九信始终不曾相遇……

九信正在伏案工作，我不由得自身后环住他，将额抵在他背上，刹时间，只觉得一切恍惚得不似真相。

蓦地惊醒，已是七年过去。

生命中发生许多改变。

九信离开工厂，几年内更换数家单位，每次调迁都要升一级，终于成为 32 岁的正处长兼某公司老总。

他渐渐，只穿某些牌子的衣服。

看电视新闻时臧否人物："某，是个混混；某，有才气可惜站错了队……"

带我出席种种场所，气氛奢丽如广告中的幻境，我只用长裙，淡妆，微笑，寒暄。

如果傍晚电话铃响，是回来吃饭，不响，则不回来——因而有一次电话坏了很久，我始终没有发现。

结婚七周年他与我共度烛光红酒之夜，红丝绒盒中，美丽的白金钻戒熠熠生辉，铭刻着温柔誓言："心比金钿坚。"

我将三房两厅全铺了我最心爱的浅紫与轻粉地砖，一格格的方块斜纹，棉布花衣的温馨宁静，随时可以做家居杂志的封面。

同事们讨论感情生活时举我做例子："结婚还是要找一个自己喜欢的人，穷一点都不要紧，一起打拼嘛，有钱就好了，你看叶青……"

我渐渐成为大众传说里的女子。

然而传说并不都是幸福的。

《水晶鞋与玫瑰花》里，灰姑娘终于遇上她的王子，骑

着他的马去王宫。而《三打陶三春》里，那个承诺要娶她的男人，在功成名就之后，派人暗杀她。

属于我的传说又会是怎样的呢？

一个温暖的春夜，九信自后将我拥满，我微笑以全身重量倒向，忽地一瞥，轻呼："咦，你几时买了条新内裤？"

九信笑道："不好看吗？"伏我肩上深嗅，"你用了什么洗发水，有草香。"随即话题牵引。

我仍喋喋："我上次去香港不是才给你带了一打内衣吗？用完了？"——他的唇将我的一切声音严防死守。

我并没有十分在意这件事。

然而在电话响与不响之间，在暮色渐围拢之前，在午夜自噩梦惊醒之际，我眼前异样地掠过桃红灯影下淡蓝一瞥。

三角裤的略遮一点，让所有的裸露都格外鲜明。

只是，我一直给九信买的都是平脚裤呀，而一个男人，怎么会无端端去为自己买衣服呢？

装作若无其事，问对过同事："你老公有没有自己买过内衣？"

她响亮地"嗨"一声："他，短裤上大洞小洞都舍不得换，说舒服舒服，我说我忙，叫他自己买，他说：'哎，哪有男的到那种柜台去的。'还不是我买。"

"那不是很难看？"隔邻插言。

同事扬声："给谁看？我看十几年了，不在乎啊，要是有人在乎，自己给他买嘛。"

一办公室笑浪翻滚。

而暗夜里我霍然坐起，浑身冰冻滚烫的汗。

谁，是谁在乎？有这样一个人吗？

我的疑惧，却不可以对九信说。

因他身上从不曾有过香水气息；我没有在他的衣领袖口，发现唇印的痕迹；也从来不曾有沉默的、立即挂掉的电话被我接到。

所有的猜测与不信，是否都是一个女人的暗想与寂寞？

而若是真的，我又该如何？

命运是否总在一次次重演，至我们的不能承受？

我记起有一年过年，九信恰好不在家，临走嘱我与他的生意伙伴杜先生一同吃年饭。杜太太，我们叫阿霞。

饭桌上，杜先生的手机响个不住。

杜先生便频频低头检视，且坐立不安。

阿霞脸色铁青。

我只有装作一无所知。

是大年三十，一室灯火，华彩音乐，满桌盛筵，然而窗外一直落着雨或雪，零零落落，灰且幽暗，豆腐渣一般颜色质地。女人三十，都是豆腐渣，尤其是阿霞这样的女人，除了十八岁的时候或许曾嫩如水豆腐——我也并未亲

见——几时不是豆腐渣？

自然杜先生亦不过如此：两肩头皮屑，新衬衫必定袖上笔挺的摺痕，一旧则马上颜色混淆，但是权力金钱才气，哪一桩不是春药？

席间越来越难捱，虽然他们两人皆连连给我夹菜。杜先生为我扯下大块猪皮，说："这种东西，据说美容最好。"

只是一句话，阿霞立刻乘虚而入，冷笑道："那当然啦，女人堆里打滚，谁还比你更懂。"

那一刻的眼风和神色凌厉如母老虎。

想杜先生的女人多半是温柔如鹿，否则何以互补。

但怎么会有这种行径？手机还在声声不断，五分钟一响。难道不懂得情人守则？内是内，外是外，良夜春宵固然你是他掌心的宝，其余时分还是要放那男人回家做贤夫良父的。男人的生命是要如此，人前人后，明明暗暗，如平行的铁轨，不即不离，方能容他在其间恣意，游刃有余。做情妇的女人第一要学会如何做保险箱里永远不见天日的宝石，才能留住半个人，半颗心，半个钱包，若是一意要僭越，——等于逼那男人丢卒保车。

然而这是春节，电视里歌星笑星连环出击，楼上楼下麻将震天，谁家违禁偷放鞭炮，零零碎碎，这里那里砰一下，小孩子欢天喜地叫。想象：一扇窗，一盏灯，一个人……

所以那女人不放过他，或者实在是寂寞。

但我也疑心杜先生是故意的，否则关个振动，未必就那么狠不下心。

杜先生终于忍无可忍，推碗而起："我出去一下。"对我一点头，"你陪阿霞。"

阿霞早跳起来："你去哪里？你回来。"扑上去撕扯，杜先生反手一推，头也不回就走，阿霞睡衣拖鞋追上去。

我大惊，连忙扯住她："阿霞算了，让他去，我陪你。"她一把甩脱我，三步两步往楼下冲。

杜先生的车失火一般疾冲而出。阿霞站在人影稀落的路边高呼："出租车。"奔到马路中间截车，"追上前面那辆车。"

我身不由己，随阿霞在万家团圆之大年夜上演《生死时速》之街道惊情篇，一路惊险万状，红灯绿灯、云霄飞车，阿霞连连催："快一点，再快一点。"

司机说："再快要被警察扣车了。"

阿霞把整个钱包都摔给他："追上去。"

我们终于被拦在红灯之后。

阿霞伏在我怀里嚎啕大哭。

我来不及着外套，米黄的开斯米毛衣上迅速沾满眼泪鼻涕，不由心生厌恶，却还不得不拥住她，轻哄："别哭，别哭。"

我当时暗下决定，纵使一定要输，也要输得漂亮。

　　然而此刻，我记起阿霞赤裸的足趾上鲜红的蔻丹，她何尝不是为婚姻尽了最大的努力，方觉得当年的年少轻狂。

　　一角薄薄的蓝，在我手心搓圆揉扁地不成形状，我终于闲适开口："咦，还是有牌子的呢，哪里买的？"

　　"嗯？"九信大致地抬个头，"哦，这个呀。我不知道，小吴去买的。"

　　我准备了他的敷衍、顾左右而言他、发脾气、装糊涂——甚至坦白，却没料到他对答如流，仿佛我问的是昨天盒饭。

　　我追问："小吴？你的秘书？你叫女孩子帮你买贴身衣物？"

　　九信眉头一皱："叶青，你想到哪里去了？"又埋头于诸般报表。

　　一时不知该如何继续，电话铃骤然惊起，是饶了他还是救了我？

　　"你猜我是谁？"活泼泼的女声。

　　我微笑，照例答："林青霞。"那端顿时一串笑声。

　　——除去朱苑，我会和谁进行这种白痴对白？

　　朱苑个性中，是有这些戏剧性的。

　　她原是谢景生的秘书，秘着秘着，众亲友便收到银底金字的喜贴。我自是欢欢喜喜打电话过去道贺，朱苑的声音异常冷淡："久仰，久仰，常听景生说起你。"

我笑："叫我叶青好了，你就是朱小姐吧，以后是我们谢大嫂了。"

朱苑冷冷答："不敢当不敢当。你要来参加婚礼？谢谢。我正迫不及待要一识庐山真面目呢。"摔断电话。

我把话筒举在空中半晌做不得声，哭笑不得：罢罢罢，无论谢景生娶的是谁，人情、礼金、面子统统给的不是她。

在婚礼上，我被介绍给新娘，她指着我失声："你就是叶青？"错愕半晌，然后掩口莞尔，几至笑得直不起身。

晶莹小小头饰一起摇曳起来，星光灿烂有如沉迷，大蓬白纱裙盛放，仿佛风中之莲。众宾客窃窃而谢景生皱眉，她含苞般精致的五官，浮现一抹羞赧的欢颜。

从不曾见过这般美丽的新娘，我立刻原谅她一切。

两人不由分说地便熟了。过三个月，她方嘻笑半晌："原来景生就吩咐过，凡是你的电话不必通报立刻接进，日常也是开口叶青如何如何，闭口叶青如何如何，连声音带表情都不一样，我以为你们可能……"

"结果闻名不如见面，原来长得这副德性，要不是运气好，几乎就成了老姑娘，哪儿像个令人眷恋难安的梦中情人。"我乐不可支，大笑。

她满面绯红，连忙辩解："不是这个意思，实在是看你与问先生分明一对璧人，怎么可能跟景生……"

越描越黑。

我倒因她这一点点稚气而喜欢上她。

　　她打电话来，是邀我与九信参加他们结婚一周年的酒会的。我很诧异："结婚才一周年，值得开酒会吗？哎呀，你们做爱一百次，何不举行纪念日？"

　　她静默了一会儿，答："因为我们做爱尚未达到一百次。"

　　怎么问出这么下流问题，我十分惭愧，连声应："好好好，我跟九信商量一下。"

　　其实何消商量，我早知九信觉得谢景生不可理谕。

　　因谢景生已经四十三岁，鬓发略斑，三杯酒后寂寞，而朱苑才二十三岁，颜容如玉，一朵花开钟情。九信很感慨："谢景生聪明一世，怎么糊涂一时。娶个自己年龄一半的女孩子，是当女儿还是妹妹呢？"

　　我不以为然："感情的事，岂能用年龄来衡量？再说，到他们一个八十，一个六十的时候，二十年又算得了什么？"

　　他嗤笑："朱苑一眼看上去便野性难驯，哪里是能白头偕老的队伍？"

　　我不由得偏袒朱苑："想当年我痴心塌地要跟你，不知多少人觉得我野性难驯。"

　　九信一怔，然后不怀好意地看我，仿佛有话要说。

　　我作河东狮吼状，蓄势以待。

　　他自动弃权。千言万语，化作一句："我没时间。"

我威胁他："问九信，你要为你的行为付出代价。"目前还看不出代价为何，打电话过去致歉的却是我："对不起啊，谢大哥，九信有点事，他托我……"

谢景生朗声而笑，打断了我："叶青，少拿这种话来敷衍我。我跟问九信，都是外面跑的人，这种场面话天天在听，天天在说，什么有事，不爱来就是了。"

我心虚地笑："怎么会，怎么会。"

他话锋一转："算了，他不来也罢。反正问九信对我始终也有成见。那你来不来？"

我连声道："来来来，一定来，谢大哥的事，我哪有不到场的。"

——呜呼。舍命陪君子。

谢景生的朋友，大多也和他一样，是外国大公司的洋买办。西装革履，凛然倨傲的脸容，互称"尊尼"或者"杰西"，与九信那一帮土包子生意朋友大不相同。

不过甲乙两丁，戊己庚申，名字各异，话题大同："最近股市不景气啊。""是呀，邮市也不行。""刘兄，你信息比较灵通，最近有没有什么利好消息？""你问我可问错了人，老王，我自己马上就要跳楼了……"

倒宁肯是中式宴席，各式菜肴热气腾腾暖人的心，酒过三巡之后，声音越来越大，笑话越来越黄，空气中有大写意的颠狂，邻桌女子只要不是双眼皮的母猪，都是可

亲的。

远胜此际各人淡淡一杯鸡尾酒，淡淡几句闲话，淡淡的笑。

我与那些"伊丽莎"、"琳达"们虚虚应酬着，朱苑也维持同样冷然距离——倒不知她原来的洋名是什么，但此刻，她是谢太太。

女人们之间，有时连发香的内容，都是一种较量。

若李逵在场，一定挥斧大呼：淡出鸟来了。我坚持不住，找到朱苑，要先行告退。

朱苑拉住我央求："叶青，你别走，你走了我就更闷了。我们找点好玩的事做做怎么样？"

我笑，戏谑："有什么好玩的，把你老公灌醉行不行？"

没想到她眼睛一亮："可以啊。"

先由朱苑上："各位来宾，感谢大家来参加我与景生的结婚一周年酒会，我和景生无以为敬，先干三杯。"转向谢景生，"景生，你怎么可以这样呢？"拖出娇糯尾音，"大家都看着我们呢，而且我都喝了……"于是众人鼓掌。

然后是我："谢大哥，我是真正要敬你一杯。我结婚呢，没举行仪式，是个憾事；然后你结婚呢，我又不敢多敬，怕开了头一人一杯不得了。好不容易今天有个机会。不醉不休，醉了顶多叫九信来接，我都不怕，你还怕什么？"众人又鼓掌。

接着是我导演，朱苑主演，请他们表演交杯酒，朱苑笑靥如花。众人哄笑加鼓掌。

没一会儿我又来了："谢大哥，我见过的场面不算多，可是各种借口也听多了。第一种：待会儿要开车；第二种，肝脏不好，胃不好，反正五脏六腑都坏了；第三种，怕回家老婆有意见；还有一种比较少见——正在血吸虫病的治疗期。谢大哥，你还有第五种吗？"众人笑得前俯后仰。

我先是用白酒略啜，然后改了啤酒，最后索性用红茶冒充。

不期然，引得众"玛丽"、"若丝"也纷纷前来敬酒。

谢景生终于一摊泥似倒下，再轮到我与朱苑面面相觑，谁来收拾残局？

朱苑开了车出来，我小心翼翼架着谢景生，他的身体湿重如铅，冷汗淋淋。我轻轻唤："谢大哥，谢大哥。"——都不知醉了的人有这么重，勉力将他架上车。

好不容易到了楼下，两个人合力把谢景生连拖带抱弄出车外，凉风阵阵上脸，谢景生踉跄奔到灌木丛边狂吐。瞬间，又是一个烂摊子。

吐过了，他倒好像清醒了点，晕晕乎乎就抬腿上楼。我赶紧搀住他。朱苑把车开回车库，我便一路扶着谢景生慢慢上楼，不时提醒他："小心，小心。"肩膀都被压麻了。

终于进了门，我手轰一声松开，他跌陷在柔软的真皮沙发里。

我已是一身油汗，屋内只有门口透出一线薄薄的光，

我到处摸索电灯开关。谢景生一直不知在自言自语些什么，此刻突然坐起来："叶青，叶青。"

我忙应："我在。"

"为什么是你？"

我一怔："哦，朱苑在停车，她一会儿就上来。"

他整个人仆倒在我背上："为什么是你？为什么我要在三十二岁，才遇见你，你却只有十八岁。我知道对你来说，我太老了。那时我就下决心，一定要找一个比你更年轻的……"

一字一霹雳，在我耳边炸响，我如着雷殛，定在原地。一时来不及悲伤或者兴奋，只急急要阻止他："谢大哥，你醉了，朱苑……"

"不要提朱苑……"他非常粗暴地一挥手，"不要提她。根本没有用，世界上只有一个叶青，说什么结婚一周年，根本就是无期徒刑的第一年。"

他又软软倒下去，发出一连串呓语。

突然全室雪亮。仿佛银幕上打出"全剧终"的字眼，电影院里灯火全开，梦幻世界结束，观众仍踏入真实的人生。我跳起来。

朱苑轻快愉悦的声音："哎，你怎么不开灯？景生呢？"

我吞吐不定。尚未做贼，已然心虚："他睡着了。哦，我找不到你们家电灯开关。"

"哎呀，都是景生，你看藏在桌脚下面，说会影响墙的造型。真是的，这个人。"

她探一下头，满脸流溢盈盈笑意。我却慌乱地，不知该把头转向哪一个方向，才能避免面对。

朱苑去找毯子来给他披上，双手轻轻绕过他的肩，难道说，如此时分，他们之间仍隔了一个影子？一个……我？

无声无息，缥缈无依，却又刀锋一样将他们劈成两半？

不不不，一切都是误会，是谢景生弄错了，我们是兄弟姐妹一般的感情，需要珍重宝贵。我向后退一步，仿佛是想挣脱重重的网，把无限辗转的心事，全力一收，像收紧一把伞，并且死死扣上。

我被自己的声音吓了一跳："朱苑，我先回去了。"

我先回去了，将谢景生交给朱苑，却将无数震骇全数留给自己。

怪不得九信一直与谢景生暗生芥蒂，也怪不得朱苑无端端，一面不识就已起疑。是否他们都有察觉，只除了我自己？

或许，我也是知道的？以女性的本能，天然地了解一切，明白他会无限度地包容我，照顾我。因为懵懂，因为始终隔了一层纸，所以理直气壮，所以更加贪得无厌，予取予夺。

在静夜里反复思量，解不清的问题纠缠如茧，只束缚我自己，我终于昏昏睡去。

第二天，我接到谢景生的电话。照旧嘘寒问暖，然后

小心地问："叶青，昨天我醉了以后，有没有说什么？"

我一呆，机敏笑："有啊。"

他十分紧张："我说什么？"

"你猜猜看。"格外佻达与明艳的口气。

半晌，只是沉默，然后我听见谢景生低声说："我猜不着。"

我笑得很大声："你在叫朱苑的名字。"

谢景生呵呵笑起来："鬼丫头，又在编排我们。昨天灌我酒的账，还没跟你算呢……"

万事都付于笑谈，原来笑是最好的油漆，一刷子下去，原本是红是绿，坎坷的节疤，木本的清香，都被轻轻遮掩，永不见天日。

呈出来的总是喜气洋洋的枣红，华丽典雅的素白，或者端正大方的黑。

我从此不敢再见谢景生，心内却不由得昏乱。

或许是因为这样的昏乱，我认识了许诺。

认识他，是一件偶然的事。

我的生命里不常有偶然。

是旧同学上门来，以为叙旧，不料是向我推销一家美容城的月卡，她苦笑："如果你不买，我就连第一个顾客都没有。"费用之昂，令我哑舌，尤其是这个当年秀丽清纯的女孩压低声音，对我喃喃："……"我只推做不懂。

她与我缠斗良久，最后叹口气："叶青，不是每个人都像你，一嫁就嫁得这么好，老公又有钱又爱你，我要是有你一半的福气……"

她的故事：她与厂中同事相爱，但是父母坚决不允许工程师女儿嫁给一个工人，双方相持七年，她妥协，嫁了父母为她择的快婿。那男人条件优异，人品亦佳，不是不喜欢她，可是她存心不想和他过，天天打打闹闹，甚至不惜亲口告诉他她的外遇。

那男人在洞房夜声音嘶哑："那你，为什么还要跟我结婚？你为什么要在今天告诉我？今天，今天是我们结婚的日子啊。"落下男儿泪。

求仁得仁，她在婚后第四天离婚，与家中断绝往来，住进男友的小屋，是曲曲折折小巷的深处，十几家人共用一个水龙头和厕所，每天早上，家家都拎个马桶去涮洗——也包括她。

她笑："'下河'。你记不记得以前我还问你，公厕门口写着'男'、'女'、'下河'，'下河'是什么意思？嘿嘿，原来是指涮马桶。二十九岁才学着涮马桶。"

贫贱夫妻百事哀，与男友小吵大吵，感情岌岌可危。前夫对她旧情难忘，有时来看她，给过她许多帮助。她这才觉得这男人的好，由感激，渐渐藕断丝连，终于被前夫的后妻捉奸在床。那女人叉腰冷笑："好好的原配夫妻你不要，巴巴地离了婚来做小，你想当二奶还要看我让不让。"

百般羞辱。

丑闻爆开，刹时间众叛亲离，声名扫地，正值厂子效益不好，她和男友被双双下岗，而男友也在知道她红杏出墙的当天将她扫地出门。娘家回不去，没钱，没住处，没职业，没技能，有三十出头的年纪。应征办公室文员，人家嫌她老——这么低薪的工作也吃青春饭；拉保险，一张单子都卖不掉；做传销，她是最下下下线，家里货品堆积成山，六月黄梅天统统生了霉点。

她说完，两人相对沉默，然后我起身去开抽屉。

她走的时候，紧紧抱我一下，大眼睛里满是泪："叶青，谢谢你。"

我拍她的背，想安慰她几句，但是找不到话——到底，错在哪里？感情，还是性格，抑或根本就是人性的弱点？只是，怎的竟会如此？不可抗拒，亦防不胜防，只一失足，便一败涂地，从此万劫不复。

她坚持要留下月卡。

那张卡，九信的意见："你不想去就扔了。"声音在证券报的背后。

我满腔的滔滔洪论全部交通堵塞，我不甘心："我说的不是一张卡。"

他"唔?"一声。

"我说的是……"又泄了气，"九信，你有没有听我说啊?"

他搁下报纸——却又拿起《金融时报》："你说。"

什么叫干瞪眼？像我现在对着报纸怒目以视吧："你这样叫我怎么说？"

他没回应。

只是一张纸，却是我们之间的一堵墙，他在墙里，我在墙外——墙外行人，墙里佳人笑，笑渐不闻声渐悄，多情却被无情恼。

我忍气，下声，低低道："九信，你不觉得，最近我们之间谈话的时间越来越少了吗？

他又换一份报纸，眼睛仍没有离开股评图："嗯？"

"九信，"我轻轻唤，"九信，"我伸手扯开了他的报纸，"九信！"

被重重摔在桌面上的大叠报纸像受惊的大鸟翅膀一样翻拍，他眉头紧皱："叶青，你烦不烦哪？你要说什么就说，就那些家长里短的屁话，还逼得人家听？"

那报纸简直像直接掼到我脸上来一样，我冲口而出："什么叫屁话？夫妻之间谁还跟你谈天下大事，不说家长里短，还说什么？"

他沉喝一句："这就叫屁话。这种家庭妇女的是是非非，还说得那么带劲，亏你还大学毕业。"

一句刺中我痛处，我跳起来："我自然是家庭妇女，每天当你不花钱的老妈子，做饭洗衣拖地，不是家庭妇女是什么？"心中忽然一阵酸楚，我说不下去。

　　九信已霍然站起，拎起椅背上的外套就往外走："好好，你有道理，我不跟你吵。"门"哐当"撞上。

　　——我若追，我便是阿霞了。

　　那张美容卡仍在桌上，按电影里经典镜头，我应该扑上去，恨恨几下手势，撕得粉碎。

　　但是我没有，我不迁怒于人，更不迁怒于钱，所以我去了。

　　被小姐花容失色的："可惜，你这么好的皮肤，就是没保养好……"给惊呼得垂头丧气，心甘情愿地被涂了一脸火山泥，还被迫听左邻右舍如电视连续剧般精彩的家庭故事。

　　我的左邻正生鲜热辣、声情并茂地讲述她与丈夫之间的战斗。

　　"……我怕他?! 他敢怎么样? 他摔东西? 我也摔，反正是他的钱，他不心疼我更不心疼! 他动手? 我就敢动菜刀，看谁的命更不值钱。他只要出去跟那个小婊子鬼混，我就揍儿子，揍死那个小婊子养的，看他是要那个小婊子还是要儿子! ……"

　　我险险笑出声来。

　　注：她第一句话中的"小婊子"是丈夫的情人，第二句话中的"小婊子养的"却是指自己的儿子，骂成一起，简直不知道她口伐笔诛的"小婊子"究竟是谁。

她继续雄纠纠气昂昂地说："我告诉你，男人就是贱，你越让，他就越上，你要是狠，哈，他屁都不敢放了。女人哪，就是不能太好……"

字字真言。

她突然转向我："你说是不是？"

我连忙："对，对，对。"唇角不禁含笑。

她如遇知音，愈发眉飞色舞："你不晓得现在的年轻姑娘有几龌，青天白日呀，就敢跟别个男的在人家屋里鬼混。我打麻将回去，开不开门，我就晓得有鬼，把我弟弟——就住我楼下——喊过来，踹开门进去。打。若不是那个鬼拦我，我把她光屁股踹到街上去……"

我听得大乐。她的声音却忽然黯淡下去："年轻是不一样些啊，一身的白肉，不晓得几紧哪……"

她低头看向自己中年的身体，颓废的胸，傲然的小腹，腰间梯田般一层层鼓起。——她是这样悍猛，誓与婚姻共存亡，却仍然输在时间的翻脸无情里。有人赢过吗？古今情场，到底有谁，是真心到底？

那是我第三次去。为了额上几个小痘痘，众人大费周章：火山泥效果不大；我被换肤的详细说明吓得魂飞魄飞；胶布办法……我旁观一位女士：猛地一拉，她眉眼紧缩，我鸡皮疙瘩都起来了。最后出现一位慈祥的老中医状白大褂，建议针灸。

数十莺莺燕燕围聚我身边，七嘴八舌，每句话都是蜜糖叉烧，甜而有肉，最后我大喝一声，制止一切嘈杂，泄了气："针灸好了。"

银针一点点、细细插入手臂，然后如蜻蜓立荷般颤颤停留，看上去十分岌岌可危。——白大褂说，那叫留针。

我正忙着对左邻点头，这时，一个十六七岁的制服男孩沿着过道匆匆走过，我生怕他会撞到我的针，急忙用手回护——

"哇"我一声惨叫，直弹起来，眼泪都迸了出来。制服男孩吓得不知所措，呆立在我面前，我一手指着他，痛得说不出话来。

小姐匆匆跑过来："怎么了？怎么了？"

我抖抖地松开手，针尖已直戳入肉，针眼溢出一滴血来，我双泪齐流。左邻见义勇为跳起来："叫你们老板过来，把客人撞伤了。"

顿时天下大乱，有人为我拔出针头，有人拿药棉止血，一片连声说："小姐没事的，不要紧。"女老板飞也似过来致歉，转身，喝道："许诺，你真是成事不足，败事有余。还不向叶小姐道歉。"

那叫许诺的男孩诚惶诚恐："小姐对不起。"眼泪亦快掉下来了。

女老板对我温声款语："实在不好意思，"笑出美丽轻浅的酒窝，"好在是熟客了，叶小姐一定会包涵的……"从容安抚。

对许诺，她只简单地说一句话："许诺，你去柜上，把这个月的工资结了吧。"

许诺情急地追上一步："娘娘……"

她立刻叱道："不要在这里攀亲戚。我对所有员工一视同仁，不努力做事就得努力找工作。"冷冷转身。

我到此时才缓过劲来："老板，不关他事。是我自己。"我急急说，"不好意思，我怕被他撞到，所以伸手想挡一下，结果手劲大了，反而把针撞进去了。没有他的事。"

老板愣一下，然后清脆地笑起来："叶小姐，我谢谢您的好意，您太体谅我们做生意的难处了，这次服务不足，下次我们一定改进，但是他总是这么莽撞……"

许诺有那样惊怯、乞求的眼光。

我很客人派头地沉下脸："无论如何，你不能辞掉他。明明是我自己的错，让他无辜受罚，以后，不是要我不好意思来吗？"

她熟络圆润地笑："唉呀，既然叶小姐替他讲情，我们怎么能不照办呢？不打不相识，这也算有缘喔。"笑吟吟吩咐，"诺诺，好好谢谢叶小姐。"袅袅而去。

——真他妈肉麻，所谓奸商。

人群散尽后，许诺有一双真心感激的眼睛。他低声："叶小姐，谢谢你。"

我笑："但是的确是我自己，不是你撞的。"

他也笑了，稚气英俊的笑容像一道光一闪，把他年轻的脸照得如此清晰。他的俊美，仿佛《泰坦尼克号》男主角之中文版。

我心生纳罕，不由自主问他："你叫她什么？娘娘，本地是对什么人的称呼？"

他垂下眼睑，过很久，低声："姑姑。"笑起来，一点点的倔强。

我正欲追问，早有人将他叫走了。

一切结束，小姐耐心地为我揽镜："叶小姐，你看你现在多漂亮，简直艳光四射嘛，回去老公不要太惊艳喔。"

但是九信只敷衍地抬个头："挺好的。"

我不甘心："你根本没看。"

他简捷明了答我："你有什么好看的。"

我想我渐渐明白了，为什么所有的女人都知道镜中的美丽其实只是掬水浇花一刹那的惊动与幻灭，却甘心做欺不了人的自欺者。

也许只因为，在生活的其他地方都没有人这么认真细致地留意我们的脸，并且为它万分之一的改善而万分之万地致力。

在美容城里，我瞑目靠在躺椅上，周围一片声喊"诺诺，诺诺"。两个字皆为撮口音，回环叠绕，喊得再急切些也像是轻怜蜜爱。

洗过头，身后有人过来替我按摩，我微扭头，是许诺，我不自禁微笑，叫他："诺诺。"

他愣一下，垂眼笑可是眼中莹亮，叫我："姐姐。"

他完全不会按摩，落手重如推拿，将我整个肩背都捏得痛起来，我忍无可忍，问："如果你害怕老板说你偷懒，你可不可以只做按摩状而不用力？我的耐受力甚差。"

他憋笑憋得脸都涨红了："姐姐，我从来没见过你这种人。"

我们就此相熟。

"见习期"，是美其名曰。实则杂工，洗手巾，打开水等等，便是诺诺的分内工作，实在人手不够才打个下手。包吃住六百元。

我不禁"呀"一声："够吗？"

又觉得自己问得假仁假义，毫无真心。

店中静寂，制服一律黑T恤，橘红短裤，偏头便是诺诺年轻强健、肌肉分明的大腿，汗毛轻微，只是青春。

他显然知觉，急切退个半步。

我失笑，旋又叹气。

我并非有意。然而时间不是没有杀伤力的。十年前，我如何会有这样肆无忌惮的眼光；十年后，他又怎么会敏感于如此的一看。

我问："你多大？"

他笑："我不是童工啦。"

"你怎么不读书呢?"

他避而不答:"姐姐,我不知你还兼任《焦点访谈》的记者。"

然他在我后颈上的手,一时轻一时重,不需揣摸亦知是心绪。许久,我静静叫一声:"诺诺。"

"我不是这个意思。我也不是那种窥探别人隐私满足自己好奇心的人。我也不是滥施同情,口惠实不至,我只是……"我完全不知从何说起,他骄傲脆弱的心,是否与当年的九信一样?

"我想,我只是想……"最后我说,"对不起。"

忽然后项一凉——那滴泪,竟是多芒的。

他问:"你听说过实验中学吗?"

我讶然:"那是我的母校。"

"我去年收到它的录取通知书。"

我整个身子都转过去了。

诺诺仍然笑:"我有爸爸妈妈、爷爷奶奶、外公外婆、舅舅姨妈、叔叔伯伯、堂哥堂姐、表哥表姐,看图识字画片上所有的亲人我都有。但是没有付学费的人。"

笑容如此,我双肩却忽然剧痛,是他全身的力气都压到手上,低声,仿佛说给自己听:"不过一张月卡的价钱。"

然后他开开心心笑起来:"其实上班也好,自己赚钱想怎么用都行,下班就没人管,又不用做功课,多舒服。你说是不是?"他问我,眼睛那样明朗与年轻。

我盯着他，慢慢问："诺诺，你需要帮助吗？"

他只微笑，非常温和、非常温和地说："姐姐，谢谢你。"

我静默许久，说："但我又有什么呢？一个丈夫，一个肯付账的人而已。当我遇上他，他什么都没有，然后他现在什么都有了……"我怔怔地停住。

诺诺突然说："我妈妈以前也总说，她嫁我爸的时候他是穷光蛋。"

"然后呢？"我不由自主问。

他笑："他们离婚了。"

——其实我应该猜得到。

他父亲对他母亲其实不薄——薄与厚，通常是指那叠纸币的厚度。从此，他在法律上属于母亲。

离婚后多年，母亲仍有斯嘉丽般俏丽十八寸腰身，因而一嫁再嫁三嫁，诺诺易姓易得不知该如何向旁人介绍自己。

然后，美女老了。老了的美女像七宝楼台顷刻倒塌，满地瓦砾，格外的不堪与凄凉，身边过客的男人皆成为其他人的主人，匆匆忙忙间她又一次嫁错了人。

终于，诺诺被连踢带打赶出家门，鼻青脸肿的母亲只敢在门后悄悄张望儿子一眼。诺诺重又姓许，而父亲200余平方米楼中楼的华宅里已容不下他一张床。

我不由伸出手，绕过身侧，在他臂上拍一拍，仿佛安

慰，又仿佛得其所哉。

不过五月，窗外阳光清烈，而大厅里空调机喷出一团团白雾，开得空气一片冻凉，那嗡嗡的声音似乎时间机器，让我蓦然与十七年前的九信重又相遇。

重又相遇，之间何止是流年？

美容城的月卡到期了，我又买了季卡。

熟到某种程度，我一去便有人急帮我喊："诺诺，诺诺，叶小姐来了。"而诺诺往往一手甩着肥皂沫，匆匆带笑过来。

我靠在躺椅上，不自觉嘘出一口气。

不知何以，我始终不曾对九信提起。

或者，我是在等他问起，不经意间："咦，最近你为什么老是不在家？"

而我会傲然相答："不仅你有你的秘密，我也有我的，不容你随便进入的世界。"

然而日子仍旧，九信有时回来，有时不回来；我有时相信他的理由，有时不相信；有时吵架，有时不吵。

我在深夜方归，渴望他在灯下大发雷霆，然后痛快淋漓大吵一架，用泪水醉他的心。

——远远地，黑暗的窗如一双紧闭的眼。

他永远忙，永远在说："好好好，我不跟你吵。"永远没有时间紧紧拥一下我，轻轻唤我的名字，说："叶青，不要乱想。”

我只好一次次去美容城。

美容城实在是个可爱的地方，有许多的众生相。

俏丽十七八岁把头发染得赤橙青绿、仿佛顶着彩虹招摇过市的女孩子；马尾辫走路一摇三摆、语调袅娜，活脱香港电影里丑角的理发师；每天来一次洗脸、修眉、绘指甲，一张脸跟人脱节得毫无关系的中年女人，让人不由想起《金瓶梅》：脸洗得比人家屁股还白；一会儿过来抱怨男人对她们上下其手、打情骂俏，过会儿又听见她们在男士部咭咭笑的小姐。

一位英俊男士总在门口悄悄现身，无声地隐入内室。不一会儿，女老板穿过大堂，不时停下来，笑咪咪，与熟客应酬数句好话，不露声色跟进。我多看几眼，诺诺俯身悄悄："我娘娘的小白脸。"

我大惊："那你姑父呢？"

"他？他在他女朋友那里。"

我默然。这人世间的事，我不懂。

诺诺说得异常坦然："其实我娘娘在小白脸身上吃过亏的。那时我爸妈还没离婚，她什么都给骗光了，向我爸借钱，我爸没借给她——不然，也许她现在会对我好一点。"

"那她现在还敢？不怕再被骗？"我好奇心全被勾起来。

"她早就学熟了。我有一天听她打电话跟现在这个小白脸说：你少拿这些话来哄我，好好对我，自有你好处，不

然，我捻死你像捻死一只蚂蚁。"

"然后呢？"

"喝令他滚过来。"

我骇笑："说这种话，对方自尊何在？"

"自尊？那个人乖乖地来，还抱一大束红玫瑰。"

为什么，有人可以进退自若，收发皆宜，而我，节节败退，着着皆输？是不是，我缺的正是这种狠劲？

一次我的隔邻是个艳娆女子，一直用娇滴滴声音与"马先生"、"罗先生"、"陈先生"打手机。

我如听复杂精致有趣的长篇言情连续剧，渐渐似笑非笑。

大厅顶上的电视机一直在放音乐节目，一位嫁入豪门的红歌星正对全世界宣告她的幸福，声线如蜜里调油。

"他在外面，无论多少绯闻，我从不放在心上，人家都说：'你怎么不打电话查你老公勤呢？万一他做出对不起你的事怎么办？'我都对他们说：　'不会的，我相信他。'……

"他的工作，我不管，也从来不向他吹什么枕头风，他也很体谅我，尽量不把公事带回家。……

"有时是沟通少一点，没办法，忙啊。但是只要一有时间，我们就培养感情……"

镜头渐渐移入红星家中，她与她的可人儿公子并肩坐在沙发上，公子亲密地环住她，露出钟情的微笑，而她柔腻地偎在公子怀里……

忽然隔邻女子按住手机，问："那男的是干什么的?"

我很诧异："他是市长呀，你连市长都不认识。"

她说："他包过我三个月。"

我愣了一下，接着轰然大笑，笑得眼泪都迸了出来，然后就沉寂下来。

我拿出手机，打电话回家。

响了六声后，我挂上电话。

过十分钟后再打，默数："一、二……"一直数到十二声振铃。

再过五分钟后又一次重拨，只响了一下我便飞快挂上话筒，慢慢松开已经握酸了的手。

我为什么不给他打手机? 唉，有必要吗? 有必要吗?

复又落座，我问诺诺："本地叫半老徐娘是什么?"

他答："小嫂子。"

我笑："二十一二新婚燕尔的少妇，才叫小嫂子呢。中年妇女，黄脸婆，叫'老……'"

他脱口而出："老菜苔。"

随即自悔失言，双手直摇："不不不，我不是指你。"

我笑："本来就是，再忌讳也没用。"想一想，"真形象。老了，卖也卖不掉，掐又掐不断，炒起来费油费火还咬不烂，一无是处;是个花什么的也好，运气好一点的

'留得残荷听雨声'，差一点的'化作红泥更护花'，但是菜苔——新菜苔还卖不了几毛钱一斤，何况老的——只好烂在地里作肥料，跟猪粪、牛粪级别一样。"

诺诺双手掩面，笑得不亦乐乎。然后说："姐姐你真风趣，但是真的，你一点都不老。"

我大笑："多谢多谢，多谢恭维。我且问你，不老在哪里？"我揪揪眼皮，"这里？"又摸摸抬头纹，"这里？"点点颊上的面疱，"还是这里？"

诺诺轻轻说："姐姐，我想无论怎样，你能选到的男人，一定不会是那个样子的。"

连他都明白。

我忽然双眼一酸，默默地溅下泪来。

此刻，电视里一位黑人女歌手正低沉幽怨地唱着："我不预备细述，你是如何碎了我的心……"

一次我到了许久，才见诺诺匆匆赶来，强笑与我招呼，信手拉开抽屉，无声无息，手里什么滑进去。

一闪金光，刹时吞没。

我问："什么？"

他不大情愿地答："手表。"

我笑问："咦，女朋友送的？"

诺诺恼道："姐姐，你也开我玩笑。"我一怔，回头看去，只见他先是眼圈一红，一直蔓延下去，不能自抑地红过双腮，连脖颈都红了。

我心里多少明了，刚想抚慰，忽听远远有人兴高采烈喊我："叶青。"

是朱苑。

我无缘无故地，便觉尴尬。

她只着简单的小圆裙，全黑，无领无袖，可是裙边有玫瑰紫的花结，挽出一朵一朵的玫瑰花，行走间，圆裙摆荡，玫瑰在顷刻间开开谢谢，越衬得她肤光如雪，眉目如画。

连我都不禁喝彩一声。

她喜孜孜过来："这么巧，碰到你，你也在这里做美容？好久没看到你了，你都不过来玩。哎，这间店怎么样？朋友刚给我推荐的。"又趋前仔细端详我的脸，"效果好像不错嘛。"

一眼看去，便知是毫无心机。

她就在我旁边坐下。隔好久，我才问："谢……谢大哥怎么样？"

她漫不经心答："还不是老样子。"

只如此？一切无非酒后，一句半句轻狂，随酒力上头，不得不一吐为快，然后酒醒人阑，醉后情谊不复记忆？

竟说不清，是心头一松，还是隐隐失落。女人最浅薄无聊的虚荣心吧？是，我不要他，可是他也不曾为我焚身以火呀。

朱苑的声音斜风细雨一般绵绵不绝，再不经意也捉到只字片语："什么术？厚唇修薄术？"

朱苑一顿，忽地脸泛红晕，我至此才注意到她的嘴唇，酡红烂醉，如花骨朵般小而厚重。

朱苑有点忸怩："嘴唇厚，人显得笨，化妆时老是要注意描薄一点，很麻烦的。"

我笑："哎呀女人——但是很方便接吻哪。"

连隔壁左右都笑出声来。

朱苑满脸飞红，嗔道："呸，叶青，你最色了。"

正在说笑，忽听背后一阵吵闹，一位中年女士虎虎声威地进来，指着诺诺大叫大嚷："我就要他给我洗头。"

我吃一惊，只见诺诺不自在地偏过脸去，紧紧咬着嘴唇。

有小姐疾步过来：在诺诺耳边絮絮说些什么。诺诺只把半身向另一个方向躲，手底的动作，却仍是一下一下，十分顽强。

我只冷眼旁观。

渐渐拉拉扯扯了。我才沉声道："怎么回事，我这边还没弄完呢，就叫人走？"

小姐笑意殷殷："对不起呀，叶小姐，诺诺另外有事，我们叫别人来为您服务。"

我还不及回应，朱苑早喝起来："搞一半你换人？你屎拉一半还缩回去呀，一口痰吐地上你还哈啮哈啮舔回去？

你们把客人当不当数啊？她要就要，我也要啊。"

那中年女士双手挥舞，气焰嚣张："我付了钱来消费的……"

朱苑索性跳起来，指着她鼻尖："你花了钱，我们就没花？我们花的是人民币，你花的是美金？有钱了不得？有钱你还买不到人家爱伺候呢。"

那位女士当即破口大骂。

两下里险险不曾打起来。

众人一拥而上，一番扰攘，做好做歹地劝走那位女士，诺诺也不知去向。朱苑才恨恨坐定，犹自喋喋："最讨厌这种人，有几个臭钱就拽得不知道自己是谁，我当初……"

急急看我一眼，收了口。

我只作不知，道："其实我也一直没钱。我大姐出国，光路费就借了一两万——那是什么时候，八十年代初，万元户了不得的，人家都说出国的人不怕还不起钱，借得倒痛快。可我爸妈背了好大一个负担，真是肉都不敢多买一斤。好不容易我大姐的钱还了，又是我二姐。九信家里呢……"

朱苑插言："我听景生说过一点，说你遇到问九信的时候，是他最艰难的时候。"

"可不是。"我点头，"他又死心眼，自尊又强，我父母姐姐寄来的钱，一个子儿也不肯动。有一段日子，说了你可能不会信，我经常在上午 11 点半向同事借一块钱，买

一把青菜回家。"苦笑。

幸好有时间，是最好的过渡器，让所有惨痛的记忆全模糊浅淡，却仍不自觉，心内翻搅。

还是决定微笑，转头看朱苑，她也在同时对我绽开笑容。

女人间的友谊，往往便是如此开始。

这明明是我每天上下班要经过的街，入夜后却呈现异样的幻丽与魔异，出租车疾驶而过。我知道刚刚经过我的工作单位，却转身间，在灯火里迷失了它的大门。

各灯都燃着霓虹，各处都燃着放纵。

夜本身便是最好的致幻剂吧？我仿佛身处过山车，与高速相遇，觉得微微的晕眩，不由自主地兴奋起来。

我们在后座上讨论到哪里进行我们的竟夜狂欢，朱苑建议去蹦迪，我敬谢不敏："我怕闪了腰。"

"要么去花园酒店吧，在大堂里喝喝茶，听听音乐，情调很好的。"我提议。朱苑问："纯喝茶？纯聊天？一整晚？"

一直默不做声的司机忽然丢出一句石破天惊："你们带了多少钱？"

我怔一下，朱苑问："什么意思？"

"带你们去个赌场怎么样？"

"赌场?!"我与朱苑异口同声。

上了高速公路之后，天才开始真正黑下来，星子一颗一颗闪亮，果冻似的柔软淡光。车前大灯照出一段白茫茫道路，而周围是更多的、密密扑来的黑暗，不止不休。有黑黝黝暗影在车窗两侧此起彼落。朱苑悄声："那是山吧？"手心又湿又冷，全是汗意。

我知道，她也有点紧张了。

只凭着一时冲动，黉夜来奔百余公里，还不知那赌场是什么虎穴龙潭，是否有去无回。

两个女人面面相觑。

不过四十分钟路程，司机一指前方："到了。"

车随即转入窄径，沿途密布红灯笼，款款迎送。只见大门上方，彩灯流丽如瀑，又仿佛巨株的悬崖菊，自天而降，金丝银钱华美在整幅夜色里。

在大门前，站了一个人。

灯火盛如白昼，他却站在灯下的一线黑里，只是一个模糊的影子，修长身躯傲然挺立。光从他背后来，为他周身镀上一层银边，竟仿佛一尊铜像，在隐隐生辉。

他从暗处一步步走出，向我们迎来，一身白衣，正猎猎飘动，如此净素，仿佛在与整个黑夜抗衡。他目不斜视，步伐从容沉着，而他的衣袂发角，都在飞起来。

越来越近了。看清他唇边一抹玩世不恭的笑意，而那双眸子，却深不见底，如婴儿般清亮无邪，而他周身白衣如雪。

仙与魔，夜与昼，仿佛在瞬间揉和。

朱苑突然在我身边低低"啊"了一声。

"两位小姐是第一次来吧？请问贵姓。"他笑容可掬，神色里却仍有一分掩不去的倨傲。

我正编织谎言，朱苑已经傻乎乎开口："我姓朱，她姓叶，你呢？"

男人笑了："我姓季，在这里管一点事。朋友都叫我阿季。朱小姐，叶小姐，请跟我往这边走。"

一进门，满耳都是麻将的哗哗声。宽广大厅里，数十张绿毡台子排列整齐，黑压压坐得都是人，"碰"、"和"之声不绝于耳。却无端听得，正中的水晶吊灯在空调吹出的微风里发出细碎的叮咚。

稍远处，还有赌大小、二十一点的台子，甚至老虎机，只是聊备一格，几乎无人参与。靠墙处，刚刚下场的人疲倦地靠在长沙发上，黑白制服的付者穿梭往来。

我是第一次来这种地方，一时只觉目不暇接，朱苑亦紧紧握着我的手。阿季做个手势，立刻有侍者在我们面前停下来，弯腰以待，托盘上有筹码和茶水。

我和朱苑对看一眼，阿季已经微笑转头："这是我们赌场送的一百块。叶小姐，"转向朱苑，沉定看她，"朱小姐，想下场玩一下吗？"

朱苑笑容如星初绽，却又刻意收敛，求援似看我。我只好道："我不会打牌。朱苑，你去玩吧，我到处看一下。"

朱苑欢喜而去。我看见阿季带着她深入人群中，一白一黑，格格不入却又丝丝入扣，十分抢眼。不觉心惊一下，仿佛有些什么不妥，却又说不上来。

四处逛逛。

心中不断感慨，原来这世上有这么多有钱人。一局终了，筹码雨一般在桌上飞，四人一般铁青脸色，竟看不出谁输谁赢。

粗糙如旧抹布的中年妇女，黑壮喃喃乱骂像包工头似人物，西装革履手机搁一角的老板状，浓妆艳抹辣眼睛的年轻女子。平时三六九等打死不搭界的人，此刻团团坐，八只手太极般推来推去，若拍张照片下来，取个标题就叫"天下大同"。

一位女士，吸引了我的注意。她身着玲珑丝绒旗袍，身段高挑颀长，如丝黑发直垂腰间，脸容端庄。静静站在她的男人身后，半俯身为他看牌。男人许是手气不大好，粗声大嗓，她只温婉微笑，声音极低极低，看得出是贤淑女子。

才不过走了几步，立刻有侍者前来："小姐，请到这边休息。"

显然我这样走来走去大有作弊嫌疑。我歉意地笑一笑，过去看朱苑打牌。

正是最后阶段，朱苑握着一张五筒举棋不定，眼神不断在桌面与自己的牌之间逡巡。对过有人不耐烦，敲敲桌

子："快点快点。"朱苑手势略略移动，一咬嘴唇，仿佛下了决心。

这时，阿季恰恰从她身后走过，忽然唤过一人，交待些什么。声音平平，内容也平平，我却不自觉掉头看他一眼。

朱苑不动声色换张牌。

那局，朱苑大赢。

她跳起欢呼，笑得眼睛弯弯的，回头找我，却在空中，与阿季的眼睛交结，轻微的一纠。"哗"一声，刚有人递过来的一叠筹码被她撞掉了。

我俯身替她拾起，无意间一瞟，整个人便凝在弯腰的姿态上。

半晌，我喉头刺痒，不能自抑地狂咳起来，仿佛是想将刚才所见像一口浓痰般重重吐出，再狠狠辗上一脚。

我看见了两件事。

一、那位女士在旗袍下面寸缕不着。

二、"她"是男人。

我想起聊斋了。

风雨如晦的夜，书生误闯大宅，正是红烛高照，宴开兰馨，良朋佳伴，美女如云。一场不夜天之后，他醺醺醉去，第二天，发现自己醒在一间厕所里，背后是野草蔓生的坟堆，而他吐出的，全是粪便，上面蠕蠕爬动着，蛆虫。

我直起身，用力一按朱苑的肩："朱苑，我们回去吧。"

"才玩了一下呀。"朱苑不情不愿地叫。我坚持:"我们回去。"硬把她拖起来。

匆匆向门口走去,但阿季比我们更快,一晃便挡在我们面前:"叶小姐,我们做娱乐生意的,客人是衣食父母,有些什么癖好我们管不着。请叶小姐不要见怪。"

我答:"我不见怪。"绕开他。

但是阿季转向朱苑,轻轻问:"朱小姐,你想走吗?"眼里深不见底,汪然如海。

朱苑抬头望他,脚步不由趔趄。

我有点恼:"那好,你在这里玩,我先回去。"板着脸,十分不解风情的样子。

朱苑嫣然一笑,将柔软的手插入我臂弯:"我们一起来的,当然一起走。阿季,谢谢你今天接待我们。"

阿季竟也十分有风度,退后一步:"我送你们出去。"转身命人,"师傅睡了吗?把师傅喊起来。"

我松口气,禁不住发发牢骚:"真想不到还有这种地方,钱都不像钱了。也是,不必用汗水换的钱,没什么可珍贵的。"

阿季突然停住脚步,转头看我,刹时间,眼中精光四射,口气却仍是淡淡:"叶小姐,你错了,天下没有好赚的钱,不流汗,就流血。"

我笑:"何以见得呢?"

他伸出左手,我到现在才留意到,他竟一直戴着白手

套，虽然是这样的六月天。他缓缓地、近乎郑重地褪下手套。

我听见朱苑惊呼一声，然后用力掩住嘴。

他左手小指上分明只有半根指头。

我亦有些震动，结结巴巴："怎么会这样？"

他悠闲地笑了："我自己。"深深看一眼朱苑——那样一双会跳桑巴舞的眼睛啊。

"自己？"朱苑失声。

"是。"他笑意更浓，"一刀下去，血一篷雾似飞起来，也不觉得疼，一低头，一截小指骨碌骨碌滚到脚边。"

"为什么？"朱苑追问。

阿季淡淡答："做错事。"慢条斯理戴回手套。径直向前，不再多说任何。

朱苑如触电般定在当地。

我却想起谢景生与他的粉红薯条：男人骗女人无非那几招。轻轻唤她："朱苑。有些事不必太当真。"

我知道她没有听见。

依原路，我们经长廊，下楼梯，又穿过舞厅。更深夜阑，舞厅里的灯全熄了，不多几人在清理场地，纷纷招呼"季哥"。却有一盏镭射灯还在缓缓转动，音响里舒缓放出《昔日重来》："When I was a lillte girl……"在暗中格外悠扬。

阿季忽然站住，折身，后退一步，向朱苑伸出手："可以吗?"

　　我大惊。但朱苑已梦一般踏前一步,将自己的手交给他。

　　牵手。相拥。所有的玫瑰一一绽放。他们在空旷无人的舞池里旋转,尘烟自他们足端升腾,周遭一片温柔的黑暗。

　　而在幽光里,阿季的白衣与朱苑的黑裙,紧紧相依,像一幅久已注定的八卦图,从此难舍难分,她中有他,他中有她。

　　渐渐地,世界仿佛不存在了。

　　音乐如云渐渐散去。阿季松开手,优雅地鞠躬。朱苑如梦方醒,扑过来将我紧紧一拥,在黑暗中也看得出她额上晶莹汗珠。

　　我怒视阿季,他只若有若无、轻佻地瞟我一眼:我能奈他何?

　　倒没想到门外有这么凉,夜风习习,尽是露意。朱苑不禁抱住自己哆嗦一下。阿季沉静地脱下外套,为她披上,朱苑轻轻"啊"一声,双手微微动作,仿佛想推拒,却只是挽住下滑的领口。

　　他轻轻道:"下次来时还我吧。"

　　我强硬地说:"我估计我们以后不会再来了。"

　　"哦,是吗?"他仍微笑,"那就给朱小姐做纪念吧。"递过一张名片,"有事打我手机。"夜色里露出强壮肩膊。

他旋身而入。

清晨，我方与朱苑一脸倦容地坐在小摊子上吃牛肉面。

周围是灰暗嘈杂的城市早晨，急匆匆上班上学的人群，车铃不断，牛肉面摊附近，一地快餐盒。有公共汽车过来了，有人急急追车，举着手里一只油渍渍的面窝，跑起来。

我仿佛方从一千零一夜里走出来，一脚又踏入另一个梦境，竟仿佛不能相信，这样混乱肮脏的周遭，这样平凡的生存，便是我生命中的真实。

我哈欠连连，正匆匆往嘴里扒牛肉，朱苑忽然转过头来。

她脂粉半溶，裙子全是皱痕，却爱惜地护着膝上的白衣，眼里是些什么在暗暗流动？声音很温柔："叶青，我还衣服的时候，对他说什么？"

我心中一凛，警告她："最好说：还君明珠双泪垂，恨不相逢未嫁时。朱苑，当是一场梦境吧。"

她低下头去："我也想，可是有这件衣服……"

我还要赶上班，不跟她啰嗦了，顺手拎起那件衣服，往垃圾箱里一扔："现在没有了。"——马上有拾垃圾的人如飞捡走。

我低声："朱苑，对不起。但是阿季不是一杯下午茶。"

朱苑眼中一黯，颤声："那他是什么？"

"他是四号海洛因，一次即足上瘾，终生不能戒断。你见过吸毒的人没有，一辈子离不了毒品，比死还惨。"

朱苑只垂下眼眉："谢谢你。"

要过好几天，我才有机会对九信说出我的奇遇。九信反应并不激烈，"早知道了。我跟客户去过。"

"但你肯定想不出，我在那儿看到什么了？你信不信？……九信，九信。"

九信已经睡着了，《中国证券报》覆在他脸上，随着呼吸微微起落。

我呆了一会，既没有勃然大怒也没有嘤嘤哭泣，只是轻轻将报纸取下来，把他露在被外的手臂放进去，替他细细掖好被角。

像全世界无数个妻子一样。

我也曾是童话里的少女，皮肤是银子，头发是乌檀木，笑起来是钻石，眼泪是珍珠。每一开口，便吐出一朵玫瑰花。

后来不知怎么的，便变成她那个好吃懒做的姐姐：皮肤是柏油，头发是稻草，永远不会笑，一张嘴，便跳出一只癫蛤蟆。

谁见了都掩鼻而走。

而瀚海阑干百丈冰，岂是一朝一夕的事。

我以为我扔掉那件外套，朱苑会与我反目成仇，没想到她会来找我吃午餐。

　　我们在吵得不可开交的快餐店里，吃难吃至极的套餐：饭是凉的，黄瓜软不拉叽，几块薰鱼，汤有股怪味。我只吃得一口两口。

　　朱苑只叫了一杯可乐，偶尔吸一两口，她慢慢转动着吸管，忽然问我，"叶青，你为什么嫁给问九信？"

　　我把餐盘推到一边，笑："太难吃了。这个问题，以前问的人比较多。我可以简单明了地回答你：爱情。"

　　她低下头去，过一会儿又抬起头来，问："你这么肯定？那你跟问九信那么久，他有没有做过什么特别令你心动的事。"

　　我失笑："天，老夫老妻了，还心动。"还是想了一想，"有吧。去年体育馆不是开食品展销会吗？我买了一斤鱼排，味道很好，后来他出差去青岛，我就让他带点回来。结果你猜怎么样？飞机上只允许带二十公斤的行李，他便给我带了四十斤鱼排回来。"

　　"四十斤？"朱苑惊呼，伸出四根手指。

　　我笑："你看这人猪不猪，多少给我带点鱼片搭配一下也好。四十斤……"摇摇头，"最后连我对面同事的姐姐的邻居小孩都晓得我是'鱼排阿姨'。"

　　朱苑瞪大了眼睛，轻轻说："啊，多么浪漫。"

　　我提醒她："浪漫？九信是绝对不会为我拉椅子、脱大衣、女士先行的。倒是谢景生，这套西式规矩熟极了。当年我还是小姑娘的时候……"顿一顿，说不下去。

朱苑苦笑："是。也只限于此。"忽然问，"你们一般，都觉得我是为什么嫁给谢景生？"

我笑："我们怎么想，重要吗？"见她神思不属，我作婚姻顾问状："我想，谢景生肯定是很爱你的。"

她只缓缓摇头："我从来不曾爱过与被爱，我不懂得什么是爱。"

我笑："这样美丽的女子，年轻生命应该是由一连串的恋爱与失恋、玫瑰与眼泪组成的，不留余地。说没爱过，太大的笑话了。"

她忽然热切地抓住我的手："叶青。我是谈过恋爱，有男孩子捧着花等在我楼下，有人陪我看电影、打网球，也有人不怀好意，可是，"她犹豫了一下，"我是从小地方来的，家里条件很差，从来没有男孩子对我说，我跟你回去，你家里再苦我都不在乎。"

——如谢景生所说：我愿生生世世与你为夫妻，无论贫与富，贵与贱，健康或疾病。所谓可遇不可求。

我轻拍她的手，安慰："我明白。"

想是太久没人倾诉，朱苑竟一泻千里："谢景生是我最好的选择。我见过太多跟老板随随便便上了床，只得点小恩小惠，要不就当二奶的女秘书。所以我一直很当心，不肯轻易付出，没想到他反而欣赏。他留过学，没结过婚，年纪不算很大，对我好，又肯娶我，我还要什么呢？"

我不知该说什么，只能默默聆听。

她接着说下去："你上次说我们做爱一百次，为什么不举行仪式？我们一个月顶多就两次，一百次，我头发白了能不能到？"

竟然说到如此隐私处，我很震惊，连忙阻止她："朱苑。"

朱苑抬起头来，静静地说："直到现在，有时醒在他身边，我还觉得他是我老板。"

我们在喧闹的快餐店相对沉默。

而我心中全是恻隐，却不知该给谢景生，或是朱苑。他们也是这红尘中两颗挣扎的灵魂，给出自己所给的，想要换取自己想要的，却只得到对方给出的。

上帝永远公正，有所得必有所失，只是得与失，都不是我们自己可以做主。

我只好说陈词滥调："慢慢培养感情吧，先结婚后恋爱也是好的呀。你看你叫他景生，多么亲热顺口。总不致于他原来是你老板的时候，你就敢这么叫他吧？"

她无奈地笑："他的英文名字本来就叫强生。"

我无言以对，只好看看表，惊呼："下午还要上班。"如此打发了一餐，心中盘算，待会买点饼干到办公室吃。

"叶青，"朱苑忽然唤住我，片刻迟疑，"说了呢，怕像挑拨离间，不说呢，又怕你吃亏。有人说，上次看见九信开会时，身边带了个年轻女人。"

接连好些时日，我都没有机会见到九信，最初的震撼已渐渐平息。却在登记文件时，笔下轻轻带出："九……"尴尬地立刻划去。

处理完毕，那位送文来的同志却仍犹豫不去。我客气地问："您还有什么事吗？"

他迟疑地问："请问你是工大毕业的吗？"

我点点头："是呀。您是……"

他绽开笑容："叶青，你不记得我了？"那是个壮实的中年人，"我是学生处的罗老师呀。"

我连忙起身："不好意思，罗老师，毕业这几年没回过学校，有点面生。您请坐，我给您倒杯茶？"

他笑着摆手："不要紧，我还有事马上要走。你没有出国？"

我有点疑惑："谁说我出国了？"

他连连点头："没出国就好。问九信，还在车辆厂吧？"

我笑："几年前就出来了。"

罗老师仿佛松了口气，十分真诚地说："真好真好。你们俩现在……还好吧？"

我心里万千话语，没有一句可以对陌生人吐露："挺好的，谢谢您。"

罗老师一直笑咪咪上下打量我，看得我有点不自在了，他才满意地点头，很感慨："问九信真没看错人。"

我愣一下，笑："怎么呢？"

他很诧异："叶青，你不知道吗？那年本来分配到车辆厂的是你。"

我大吃一惊："我？"

罗老师说："是呀，那年我们学校分配形势多火爆，车辆厂效益又不大好。谁也不愿意去。大家就说，叶青反正是要出国的，分个好单位，占个名额也没什么意思，就把你分到那儿了。"

我呆了半晌，"那，那最后怎么会是九信呢？"

"是问九信来找我们，他说你吃不得苦，去不了工厂。那时分配都差不多了，没有什么其他的位置，他就说，他跟你对换。"

——我记起来了。是有一段日子，传说我要被分到工厂去，再不通世务，再不食人间烟火，我也着急了，想去追问，是九信一直拦阻我说，"不会的，传言。"

我茫然问："真的？"罗老师细细看我，十分讶异："你真不知道？"

"当时我们都劝问九信，说去了车辆厂，再出来就难了。反正叶青是要出国的人，能不能跟你成还说不定，她一走，你不就人财两空了？"

我的声音牙膏一般艰难地挤出来："九信说什么？"

"问九信说，真到那一步，他也认了。"

我缓缓跌坐在座位上，心潮澎湃如海上巨浪。罗老师几时走的，我完全不知道。

他认了。

九信九信，你竟待我如是。为什么，你从不曾提起？当我与你争吵，当我伤害你的时候，你为什么不告诉我，你曾为我倾尽所有？

报时钟突然嘟嘟长鸣，我不顾一切站起来，对处长打个招呼："我要回去一下。"

其时是上午十一点。

铁门开着，我正疑惑是不是早上出门时忘了关，匆匆掏钥匙，插进匙孔，来回几转，门始终岿然不动。

我刚想把钥匙拔出来检视，忽然整个人僵住了。

阳光如此之盛，"开不开门我就晓得有鬼"，那女人的大声像鬼火般在大太阳地里烧得痛彻。

还有，"有人说，上次看见九信开会时，身边带了个年轻女人。"

我轻轻地推门，轻轻地唤；"九信，是你在吗？"

盲人般盲目、犹豫，没有把握。

"九信，你在吗？"然后我就愤怒起来，为什么，我的声音要这样怯，仿佛怕惊动心里的一只鬼。

"你开门开门，"我使劲擂门，擂得一片山响，"你开门，"我连踹几脚，连大腿都震痛了，"开门！"不知不觉间，我声嘶力竭。

门开了，我一把推开九信的讶然，冲进卧室。

床铺完好，窗帘密密履着一室幽静，空气澄明无波，

床头柜上半杯深黄的芒果汁——是我自己昨晚喝了忘了洗杯。我仿佛一头撞进一幅静物画，一切如此静、如此无辜。

我慢慢退后，转身，迎面是九信的莫名其妙。我软弱地问："你为什么不开门？"

"我一听到你敲门就开了。敲那么急干什么？着火了？"九信生气地说。

他竟问我！我大声起来："你为什么从里面锁上门？"

"谁锁门了。"他一低头，"你看你拿的什么钥匙？"

我手里紧紧捏着的，分明是铁门钥匙。

九信忽然凝住，闪电般的一瞬间，火焰掠过他的脸："叶青，你这是什么意思？"他眼睛在跳，"你在想什么？你不上班回来干什么？"

我嗫嚅："对不起。"

他呼吸重浊，渐渐失控，嗓门大得震耳："捉我奸？你捉到了没有？我帮你捉！"

他一把抓住我的手，拖过整间屋子，一脚踢开卫生间的门："有没有？"所有橱柜的门都砰哩啪啷摔开："找到了没有？"

我拼命挣扎："九信，九信……"我们撞到了书架，书像高山上的雪崩般纷纷洒落，我尖叫起来。

他扶着书架喘息："你天天抱怨我不陪你，我特意回来陪你吃午饭，没想到是这个结果。"最后的时刻，他转过头来沉痛地说："叶青，你这个样子，跟最庸俗的家庭妇女有什么两样?"

而我本来只是想告诉他:"你为我做过的一些,我已经知道了,我将终生怀着感激。"

却又一次深深伤了他,伤了我自己。

"但我以前不是这样的。"我不由自主地喃喃,不知是向谁说。

那一次,九信带我出去应酬,席间有个女子,黑唇,深蓝眼影长长描到鬓边,眉宇间绘了一颗星,眼皮上全是金粉,浓艳如尼罗河肚皮舞娘。是十一月天气,她却只着薄薄丝衫,水红内衣若隐若现,有一种故作天真的诱惑,转侧间,艳光四射,简直会放电。

见到我,目光先是尺,量我的长短;再是秤,掂我的轻重;得出结论,便再不屑一顾,眼光蛇一样漾漾游动起来。

于九信尽情放电。

"问先生,您不反对女士抽烟吧?"一支纤长薄荷烟早夹在双指间,哆哆问。

九信客气笑,微微欠身:"当然不。"

"那么,能借一下您的打火机吗?"九信立刻起身,抽出打火机趋前,俯身,为她点着,她深深吸了一口,然后缓缓吐出,尽喷在九信脸上,笑得异常妖媚。

"问先生,是满族人吗?"

九信答："不，我是汉人。"

"哦，"连一个感叹词都千回百转，"我还当是同族呢，问先生，我是满人，家母便姓答……"

双目不离九信左右，电波四射。

九信也不知是得趣，还是真的人在江湖，竟与她一问一答，恍如调情。

完全视我如无物。

渐渐有宾客似笑非笑看我。

我自顾吃喝，只当看戏。

上甜点与鸡尾酒了，她沉吟："问先生，您觉得'一见钟情'怎么样，或者'冬日暖阳'？"眼光一波一波泛滥而去，字字句句都是话里藏话。将菜单递过去，"问先生，您帮我点好吗？"楚楚动人，如蛛网般百般缠绕。

九信替她点了"白雪公主"。

轮到我，我并不看菜单："有没有'裸肩'？"

服务员一愣，"什么？"然后抱歉地摇头，"小姐，对不起。这个没有。"

"那么，'阴曹地府'呢？"专捡绝不可能的名字。

小姐又一次摇头。

我正一正色："咦，不对吧，你这里说是意大利调酒师，怎么会连这几种最基本的都没有呢？小姐，你们调酒师，有 LEO 证书吗？"

小姐满脸惭愧："的确是意大利调酒师，但有没有您说的这个证书，我就不知道了。"

我大度挥手："随便来一个吧。"小姐推荐了"七重天"，我无可无不可地点个头。

女郎第一次正眼看我："没想到，问太太对这些这么熟。"

我微笑："这是西餐最初步的礼仪，人人都应该掌握，我自小家里就这样教我。"

"哦，"她有点兴趣，"问太太家里是做什么的呢?"

我轻描淡写，"我家里十分普通，大姐大姐夫在美国硅谷，二姐二姐夫在加拿大，都不过中产阶级，家父母也在加拿大定居。"

女郎杏眼圆睁："原来问太太娘家在加拿大呀，做生意?"——弄错了。

我气定神闲："哪里哪里，寻常读书人家罢了。"——我干嘛要纠正她。

女郎脸上神情略有变幻，她一定在想：原来这个貌不惊人的女人背景不同凡响，说不准，问九信便是靠外家出身。纵不是，也倚托外家之力不少，怕不是那么容易钓到，即使钓到了，也难抛妻弃子，为她赴汤蹈火。

还要不要继续，便有三分踌躇。

又问："那您一定走过许多地方吧?"

我语气更淡："都不值一提。只有罗马的喷泉，维也纳的假日，法国的第五大道……"一时忘形，"斯图亚

特……"哽住了。

斯图亚特是什么？人名还是地名，怎么此刻会无缘无故跳出来？

眼看马上就要穿帮。我只好微微一笑，看向她身后，露出轻轻怀念的神色，仿佛在刹那间，有一段倾城之恋，无限惆怅的回忆，遗忘在远方的小城。

女郎不大甘心："我有一位表妹，在美国科罗达州大学读书。"

我淡淡道："对不起，不大熟，我只知道常青藤八大名校。"

已经足够了。

女郎自此正襟危坐，非礼勿言。仍然放电，却都是静电了。

席间，九信共上洗手间六次，我猜他是在厕间狂笑。

散后，他才问我："什么雷……什么什么证书？"

我笑："阁下的流体力学学到哪里去了，连雷诺系数都忘了。"

至今，仍以为笑柄。

我们俩的黄金时代却已经过完了。

我手腕上五道红印，记录着他的手形，也记录了他的愤怒，渐渐地，泛入皮肤里。就好像最惨痛的记忆，沉入平凡的日子里。

却永远是生命中不可碰触的玫瑰纹身。

傍晚，高压锅在煤气炉上"嗤嗤"作响之际，九信来了电话。

今天不回来。明天也不。有应酬。后天出差。去上海。不知道几时回来。大概半个月。也很难说，看生意进展。我只要记得就给你打电话。有事打我手机。不用，公司会派人去送的。

我心陡沉，勉强问："真的不能回来？要通宵啊？你自己多注意，生意是生意，身体是身体，别太玩命。你出差的东西备全了？明天叫司机来拿衣服？什么时候？好，好，行，行……"声音黯淡到极点。

我们都不提中午的荒谬。

九信的声音里有小心翼翼的歉意："我也不想啊，人在江湖，身不由己的。回来以后我多陪陪你，好不好？"

我更加疑窦丛生：如果真的理直气壮，何必连糖衣炮弹都使将出来？

心怀鬼胎。我们竟都找不到话说——从前，不是这样的。

最后他问："还有事吗？"我答："没有了。"结束通话。

我没想到我们还能这样相敬如宾。

其实接到电话的第一个瞬间我就已经怒火中烧，想质问他出差是否只是借口，想无所顾忌地吵骂，逼他说出

真相。

可是我不敢。

我怕又是一场虚惊。我怕一切都只是自己的猜疑。我怕我的猜疑会比事实本身更伤我们的婚姻。

我患得患失。

进厨房听见高压锅的嚣叫，心里更烦：连吃饭的人都没有，我还做个什么饭？"啪"地关了煤气，伸手就去揭减压阀。

只听阀口一声汽笛般的锐叫，喷出一片白色浓浆，瀑布一般扑在我手臂上，滚烫剧痛。我手一松，减压阀又跌回原处，低头一看，手腕处已经大片地红了起来。

我慌慌张张地冲向水池打开水龙头，湍急的水流打在我被烫伤的地方。惊魂不定，喘息不定。到此刻，才借了这份痛，溅下两滴泪。

是轻伤，上了红花油就没事了，但是我小题大做，不肯上班。请假的时候态度极其不好，横下一条心，决定处长哪怕多问一句，就马上跟他撕破脸大吵。

但是处长说："哎呀，烫伤可是很严重的，要不要住院？三医院的烧伤外科最好。真的不住？两个星期够吗？反正要延假的话，你打个电话来说一声就行。"

明明早该知道他不会难为我。

处长其实不过是副处，五十几，头顶秃了一半，剩的一半都白了。站错过队，跟错过人，误过机会，便再也追不上时代洪潮，烟火尚存的希望是在退休之前解决正处。有求于九信之处甚多，他怎么会舍得得罪我？过年的时候他还和老婆提礼品来我家做客呢。

当时，窘的是我，不是他。

如果我愿意，我可以心安理得地接受一切人的好意和援手，甚至不用付出代价。——可是我知道，这一切其实与我无关。

只和一个嫁给问九信的女人有关。

据说聪明的女人天生懂得装糊涂。

我笨。

我在家里，穿着九信的旧睡衣，每天慢慢地荡过来，顺手打开所有房间的门和灯；又慢慢地荡回去，再关上所有房间的门和灯——后来卧室的灯就被我拉坏了。

我想找人聊天。

——对不起，您呼叫的号码是空号，请仔细查询后再拨……

——没有这个人哪。等等，我帮你问问。哦，调走了……

——唷，是叶青呀，怎么想到给我打电话。哎，听说问九信现在发了，你家里，一百万总有吧。骗人！哎，多少吗？说来听听，哎呀，又不跟你借钱，你跟我们玩什么花枪……

——你是谁？你找他干什么？我，我是他老婆！

诸如这般。

我想我寂寞。

按门铃的人不算太多。我懒得开门。门铃一声一声，响得要炸开来，我将收音机换个频道。到底门铃还是停了，门外有人嘀嘀咕咕，他一定在猜，里面分明有人，为什么不开门？

有一次声音略大，我听见："会不会有小偷？"

我为之一振。最好他去打110，那就有热闹瞧了。

但是很可惜。

连谢景生也不打电话来。

他亦隐隐知觉了吧。

我只好和朱苑出去逛街。

都市里的良辰美景，也就是这种下午吧。太阳在云后面似笑非笑，空气里有暖烘烘的人气，各商家都花团锦簇地打出"全场二折"、"三折起"的招贴，在风中妩媚招展。

朱苑是在试一双"戴安芬"的鞋时，忽然说："你说，那衣服不还他，好吗？"

右腿柔曼地伸出，左右回环，又半折腰在细细审视，那样细巧修长的腿形，让自己也不由心疼起来了吧。

我"唔"一声。

朱苑接着说："不好吧？人家借给我们的时候，没想到我们会不还的，这，不好吧？"

她就坐在试鞋的墩子上，极低极低，半仰头看我，长裙迤逦委地，像平地里开出一朵莲。

红尘里的花朵，沾了人的欲念与渴盼，因而眼神跳荡急切，脸颊被下午的暖热熏得绯红如染，仿佛轻轻一触便会滴下来。

她还在问我："你怎么想呢？"渐次语无伦次，自己也觉得了，柔媚地笑起来。

如此娇娜婉转，令人不能抗拒，但是用来对待女人，实在是绝大的浪费。

我平淡地说："对一家赌场来说，一件外套算不得什么吧。生意行为，这些损失都应该打入成本，他会想得到。再说扔都扔了，还怎么还？——我觉得这双鞋很漂亮，衬得你的脚型满秀气的。"

小姐也插话："这位小姐真有眼光，这种样子我们前天才进货，今天就只剩这一双了……"

朱苑睨我一眼，嘴嘟起来，越发显得沉重娇艳如桃。不说什么，拧身，信手一指："那种样子也拿来看看。"

一路，赌气地，率意地，热热闹闹地，她臂弯里不知不觉多了许多专卖店的纸袋。

她的心事却不肯被溺毙于购物的狂热。

"但是阿季应该是不同的吧。我想，他向我们说了那么多，他是把我们当朋友……"

并肩走在天桥上，人潮汹涌里，朱苑每一步仿佛都在向不该踏的地步踏。

重提旧话，声音里有更多的迷惘与不甘。这种种言词，是日里夜里、醒里梦里，她对自己说过几千几万遍的吧？

我遂温柔了声音："朱苑，有一句西谚是这样说的，你想要什么就拿什么，但是要付出你不想付出的代价。"

她霍然抬头，整个人便是一个挑战："我又有什么是他想要的？我根本一无所有。"

"那么你呢？你想从他那里拿什么？"我淡淡点穿她。

她答得非常大声，仿佛理直气壮："做个朋友不行嘛，结了婚的人就不能交朋友吗？"

我失笑："朱苑，来来来，在前面那家店的橱窗里照一照自己，你是自欺还是欺人呢？"

朱苑眼中的火焰映在橱窗里，连一橱霓裳艳影都带动得紧张起来。那一瞬，她所放射出异样的、如火如荼的美丽，连她自己也不曾预想过吧。她久久伫立在长街上，阳光一直投进她眼中去。

忽然斜刺里冲出一个黑影，将朱苑撞得一个踉跄，然后拔腿就逃。朱苑下意识一护，旋即惊呼一声："我的皮包。"

我俩只追了几步，朱苑便"哎哟"一声，高跟鞋的后跟卡在下水道口的铁栅上。

那人早跑得影踪全无。

朱苑用力扭着足踝，把脚拔出来。再转过脸来，竟是气得发抖，满脸莹然泪光："他就这样抢了就跑，"仿佛控诉的是全世界，"他就这样不放我在眼里。"又仿佛在痛责男友。

眼中有烈火，随时赴燃，连这样的一点轻忽挫折都容不下。

我劝她："算了，蚀财免灾。我们去报案吧。"强行把她拉进一家咖啡馆坐下。

朱苑想是急怒攻心，连粗话都出来了："报案有个屁用啊！不行，我不能让这个他妈的混蛋这么嚣张。我要给阿季打手机。"

我拦阻不及，她已经一把掏出手机，一连串按键按下。

——我知道一切都来不及了。

她不曾看一眼他留下的名片，她不必翻看通讯录。这是她第一次打这个号码吗？还是无数次，按过键，打到中途又颓然放下？

她没有存号码，但比存号码更糟糕的是：她背下来了。

是从相别的刹那，他默默脱下自己的外衣予她，她尽情享受他的体温。抑或更早，漫长无尽的夜路一路奔向闪烁霓虹，灯红酒绿里他自暗处静静走出，仿佛是从后台一跃而入圆光的中央。

她的心早已飞越千山万水，追不回了。

电话通的很快。她起先说得犹自有恨，但是不一会儿

放下电话，脸容便已灿然有笑。她说："阿季说：'放心，有我呢。'"

有我呢。

从此万事万物，都有了他。

朱苑低着头，向着一杯冻可乐。偶然知觉，把唇边笑纹一收，但不一会儿，又如银瓶乍裂，笑意汩汩流淌。

春光种种，一泄千里。

我不忍睹，信目看向大门。正值朱苑也转过身去，向大门飞速一溜，又埋下头去。

只是那么一眼，却好像过往千帆，皆入眼底。

半小时后，一个年轻人推门而入，准确地停在我们桌前："请问哪位是朱小姐？"双手奉上朱苑的皮包，"朱小姐，您清点一下里面东西，看少了没有，我好回去跟季哥交待。"

但朱苑的手只紧紧扣着冰凉的麂皮，惶惑站起，颜容大变："他呢？他怎么不来？"

年轻人恭恭敬敬："季哥走不开，所以托我转交。"

朱苑张口结舌，"但，但如果我想面致谢意呢？"犹有不甘。

年轻人微笑："季哥特地吩咐过，如果朱小姐想过去玩玩，他的车在外面等。"

咖啡馆的茶色玻璃窗外，停了一辆艳红的雪铁龙，深湛如血，是一场肉帛相见的惨杀。又仿佛是从幻觉世界里施施然开来，暂时栖足于凡人的梦魇。

它静静呈在那里，是一个无比巨大的见证，又是一个赤裸裸的无耻。

年轻人的微笑十分恭谨，却藏了那么多恶意的挑战与知情。

朱苑失措地、惶惑地看向我，又看向年轻人，不自禁咬住嘴唇。

对方若无其事摊出牌来，等待她叫出"碰"或者"吃"。将青春、梦想、不能回头的岁月投掷于命运的绿呢台前，交付给十四张麻将的组合，从此生年，陷身于一场孤掷一注的豪赌。

我唤："朱苑……"

但朱苑已在瞬间决定："好，我去。"

皮包在空中一抢，带出一阵风，像飞了出去。她细细拢扰发，一瞬间，她仿佛披上华衣，周身上下放出如此光亮，随时准备纵身一跃。

我徒呼："朱苑。"

朱苑转身，柔曼一笑："你问我的问题，我可以告诉你答案了。我要爱情，我向阿季要爱情。"

我简直恨不得大声疾呼："你为什么不向沙漠要甘泉，为什么不向地狱要天使？"

她的笑更甜蜜了："你不觉得，沙漠里的甘泉，比五湖四海加起来都更珍贵吗？"

飘然而去,身后带风。

像小人鱼踏上火与刀刃的道路,而她不曾回头。

我瞠目良久。

而我突然想及九信,若是九信,我是不是也有一般的决绝?

九信仍不曾打电话回来。我认输,我打过去。接电话的是秘书小吴,职业的礼貌口吻:"问太太,问总在开会呀,请问您有什么事吗?"

我想很久:"你告诉他……"随即气馁,"算了。"

想想还是不甘心:"这次你们几个人出去啊?"

"有问总,我,老王,小张。就我们四个。"

"上海好玩吗?"

"我们没怎么玩。比较忙,白天和对方谈判、参观,晚上要应酬,应酬完了,问总还要召集我们几个人开会,谈第二天的安排。"

"大概什么时候可以完?"

"这个问总没有交代,总之事情处理完了就可以回来了吧。"

滴水不漏。强将手下无弱兵。

而我居然无聊到想套她的话,为她开工资的人是问九信,她凭什么出卖衣食父母为我这个不相干的人?

我又问:"九信房间有没有电话,号码是多少?"

是夜辗转反侧。

铃声响了许久才有人接起，"喂"一声。

我刹时间屏住了呼吸。

那是一个女声。细细的，清脆的，尾音拖得很长，十分慵倦，仿佛仍然蜷卧在床上。谁的床？

"喂——"她的声音略高。

良久，我疼痛地，颤栗地回她："喂。"

挂断了电话。

在黎明前的街道上，我走得越来越慢。夜色里，霓虹处处，笙歌万里，然后所有的车，所有的人，就一个个都不见了，他们各有各的去处。

连酒店门口的站街女郎，此刻也该找到客人了吧？无论是不是一张肮脏的床，是不是一个陌生的人，总是一具温暖的身体。

只有我，是唯一的寂寞。

小姐的笑容里带着诧异，哪有人早上十点来做美容的，却还是热情上来招呼："叶小姐，做脸还是洗头？"

我问："许诺呢？"

她仍是笑语可人："呀，您来得不巧了，他刚刚辞职。"

我大惊："他住哪里？"

她左右顾盼："呀，这我可真不知道。"

我一时乱了分寸，所有的海外港台小说电视剧给我的

滋养此刻全都用上，我径直打开皮包，掏出纸币递过去。

她眼睛立刻瞪大了。

我猜她会在背后，形容我是一个有点钱就狗仗钱势的王八蛋，但我顾不得了。

从没想过那样华美的建筑底层是这么狭窄的地下室，也没见过这么小一间房里可以塞这么多横七竖八的身体。诺诺正蹲在地上清行李，回头看见我，愣住了。

我问："发生了什么事？"

他笑："做腻了，换份工作。"

还是那样的笑，拒我于千里之外的千里。我仔细端详着他的笑，说："诺诺，我是把你当弟弟待的。"

他不做声，良久良久，头渐渐埋于双膝间。断断续续："……叫我到后面，去做按摩，拿提成，你知道的，那种……我不肯，我不肯。"

我不由自主蹲下去，搂住他，搂住他双肩的抽动，他喉头的哽噎，他整个无依的青春。城市的流丽繁华都在玻璃墙外，街上人群熙熙攘攘，伊于胡底？哪里有直达幸福的黄砖路，哪里又有逃避烦恼的桃花源？

诺诺吃得头都不抬，终于忙里偷闲深吸一口气，摸摸肚皮："吃得好饱啊，好久没吃这么饱。"到底是年轻，充实的胃就可以让他暂时忘掉生之苦。

一顿美餐已不足以杀死我的悲伤了，我要了一小坛黑米酒，小口小口抿，不知不觉，就干光了。

突然就问他："诺诺，你知不知道你父母为什么离婚。"

他不假思索答我："我爸有钱了，男人有钱就变坏嘛。"

如果我与九信婚变，旁人看去也是如此吧？

我又问："他们相爱过吗？"

他老老实实笑："我不知道。你呢？你跟姐夫呢？"

我想很久："也许吧，只是：如果感情是花，它谢了；如果感情是钢，它锈了；如果感情是一件美丽的新衣，它过时了。"轻轻喟叹，"十七年，实在太久了。"

他轻轻道："但是如果是美酒，弥时越久，越是陈年佳酿。"

我没料到他能说出这么有文采的话来，很诧异："说得好，有道理，嘿，情如美酒……"哈哈笑，"感情是一瓶黑米酒。"自觉实在幽默，扬声笑了起来。

前仰后合，竟是止不住。

诺诺趋前："姐姐你醉了。"

我愣怔："我醉了吗？这样就是醉了吗？"想一想，很沮丧，"我不知道，我没有醉过，"又想想，安慰自己，"醉了就醉了吧。"

起身唤老板结账，犹自咕咕笑不停，转身对诺诺道："我看电影里醉酒的女人都是默默垂泪啊，为什么我会笑呢？"诺诺扶持我回家，一路还在大惑不解，"我到底笑什么呢？"

还没进门，只听电话响得急切，我信手抄起："喂。"

"叶青。"

所有酒意如潮退至不可追索，我整个人软成柜角空空的旧丝袜。

"你到哪里去了？"他的声音竟仿佛毫不知情，只盘问不休，"昨天我听小吴说你找我，恰好我又换了房间，怕你打过来找不到我，就给你打，一晚上都没人接。同事同学我找个遍，你都不在。你们单位的人说你手烫到了，烫得重不重？去医院了没有？大晚上，手又伤了，你不在家里呆着，到哪里去了？"

我不相信自己的耳朵："你换房间了？"

"原来那间有西晒，晚上一屋子烘烘的，开空调吧，冷，不开吧，又热。我这间在十八楼。"

我不依不饶追问："几时换的？"

"昨天中午过一点。总台一定要算我一天钱，跟他缠半天。你昨晚到底在哪里？"

我有点心虚："我……在朋友那里。"

"哪个朋友？"

"你不认识。"

他声音狐疑："你还有我不认识的朋友？"

絮絮而谈，仿佛寻常夫妻。我还是忍不住要无条件地相信他，就好像也同时，忍不住要无条件地怀疑他。

我挂上电话，诺诺向我告别："姐姐你休息吧，我走了。"

我问:"你去哪里?"

他耸耸肩:"我这么大个人难道还会饿死,总有地方可去。"

我说:"我是问你现在、此刻、今天晚上,吃哪里睡哪里?"

他不做声,半晌,抬头笑一笑:"也许,山穷水尽了,还会回去。"

他转身,我唤住他:"诺诺,"仍有点犹豫,"要不然,你就住我这里吧。"

半晌,诺诺忽然笑了,讥诮锋利:"你留我下来?像收容一只流浪猫或者流浪狗,把我当一只宠物,在你丈夫不在的时候陪你共度,我懂你的意思……"

"够了。"我一声大喝,然后软了下来。

"我认识我丈夫的时候,他还没有你大。"声音中的恻恻柔情竟是自然而然,我指给他看,"喏,就是他。"

如大幅海报般华美的结婚照。

但我们根本没有举行婚礼。

结婚四年后我们才有余钱补照婚纱照。我一身纱霓如梦似幻,尴尬在周遭写满爱情幻想的真正新娘里,屡次向九信请示:"算了吧。"

他说:"起码得给老人一个交待。"

连笑容也疲倦。

　　那时，只以为是心态的老去，也许，老去的，其实是爱情？

　　"他是私生子，几年前才知道自己的父亲是谁，然后他父亲资助我到达现在种种。我不是一个十分出色的女人，在冰天雪地里，也许一点星月的微温就足够了。然而他现在华衣重裘，冷一点或者暖一点没有区别了。"

　　诺诺专注看我，专注听。

　　我笑："我始终是一个无足轻重的人。家中三姐妹，我是最不出色的一个；大学里，我连年拿奖学金，可班主任见到我都要愣一愣才叫得出名字；单位里，我不过做点抄抄写写的杂务，一个月不上班天也不会塌下来。可是诺诺你不明白，一个女人不被需要有多苦。"

　　他低声："我明白。"

　　"我也只是你的微温。你会一路前行，前程远大。可是现在你需要关怀，我需要给，是为了我自己。"

　　我一摆手："刚才没吃饱，我再去找点东西来吃。"转身，诺诺突然在身后唤住我："姐姐，我知道你之所以会这样说，只是为了不伤我的自尊心。姐姐，我会终生感激你。"

　　我笑出来："别傻了。"赶快走开，怕自己会落泪。

　　诺诺帮我弄饭，顺便嘲笑我的手艺："炒白菜你放这么多水，你煮汤啊。"

　　我拿炒勺敲敲锅沿："叶氏独家秘传。想吃也得吃，不想吃也得吃。"

他半转身，装着不想让我听见，可是音量恰恰控制得我听得见，悄悄："要吃一口饭还得受这种罪。"

我说："天下哪有白吃的午饭，你才知道。"

两人大笑，我忍不住揉揉他的头发，难道我还不明白，他是故意让我散心。

饭后，我把自己放倒，大睡特睡，格外安稳，直到被人像拎一个洋娃娃般揪起来摇撼："叶青，叶青。"

是九信。

我犹自半酣："你怎么回来了？"窗外是黄昏。

他的脸贴得那么近，几乎变了形，将光完全阻挡，只是一个黑色的阴影："这个人是谁？"

诺诺在门口半伸半缩地探头。

我说："朋友啊。我跟你说了你不认识的。"

"你在哪里认识的，怎么睡在我们家？我打电话给你的时候，你为什么没有提起？"九信厉声，"他当时就在，是不是？"

我哗地坐起。连空气仿佛都在沸腾，我异常委屈："所以你今天回来，是不是？"冷笑，刻薄，"没有看见我们睡在一张床上，你是不是很遗憾？"

我跳下床，斗鸡般气势汹汹。

九信分明大怒，又强自隐忍："你的意思是不是，如果

我回来得巧，就有机会看到？"

他声音冰冷到咬牙切齿："我是担心你的手，才推掉一切事务，坐第一班飞机回来。我不想跟你吵架，我也不关心他是谁。但是叶青，你欠我一个解释。"

他眼中怒火熊熊，咄咄逼人。

我只是看着他，静静地，不发一言。

好久，我看见他的表情，突然轻轻地一顿。我知道，是因为我哭了，我的眼泪，冰凉若斯。我问他："从什么时候开始？"

他一愣："什么？"

我问："从什么时候开始？我因为打不开房门便怀疑你，你看见一个比我小十几岁的男孩和我在一起便怀疑我？我们之间，这么多年的感情，到了现在，难道连人跟人的一点信任都没有吗？"眼泪竟是不可控制，放肆而汹涌。

我并不是在问他。

我不知道该去问谁。

九信在刹那间定住了。

我和他，无可避免地，面面相对。静滞着，伫立着，中间，隔着赤裸的空气和混浊的爱恨。

我看见，犹豫、震骇、惊悸，最后归结成不忍，在他的脸上。

他的身体，微微地移动了一下。

如果他，肯向前迈一步，我便会扑进他怀里，拥紧他，让我的泪渗进他的肌肤，渗进他的心底，把我的悲伤传给他。

然而他没有。

他不肯。

我听见寂静。还有，我的泪。

我的泪，一滴滴打在地上，一声声，"叮、叮、叮"，仿佛是些细小的破碎声，疼痛而微弱。

从几时起，爱情变得如此疼痛而微弱？

九信低头在口袋里探摸，一转身——诺诺早已精乖地捧来毛巾，侍立在侧。九信看他一眼，不说什么，接过毛巾走到我面前。

他为我拭泪，细细地，耐心地。在我们相守的十七年里，每一次纷争都是这样地完结，可是这次——完不了。因为他的眼睛，困顿的，矛盾的，回避我的眼睛。毛巾敷在我脸上，让人窒息的温热，我把脸埋在其间，良久良久。

两人近在咫尺，身手相连，是彼此的包围，我们陷身在自己的重围里，却又彼此地，想要突围，想要拥得更紧，因而进退两难，都不知下一步该做些什么。

"姐，姐夫，吃饭吧？"是诺诺为我们解了围。九信如释重负，大声说："吃饭吃饭，我早就饿了。"顺势将我一牵，"吃饭吧，啊？"

上完汤，诺诺站在一边犹犹豫豫，九信抬头瞪他一眼："坐啊。"诺诺赶快坐下来。我去拿汤勺，正好九信也同时

伸手，两人的手在空中，不及接触，我已经飞快缩手，九信也收回手。

三人围桌，都埋头苦吃，各人的寂静连成一片，笼罩在大家头顶，黑沉沉地压下来。

那汤，再没人动它，渐渐就放凉了。表面上薄薄地凝成金黄色的油皮，纹丝不动，仿佛一张板得死气沉沉的冷脸——冷的是脸，内里仍是滚烫的汤水，五味俱陈，正在沸沸扬扬。

就像此际我们三人的心。

第二天上午九信上班后，诺诺问我与九信是否已经讲和。

我苦笑："依旧冷战。"

诺诺很困惑："那你们昨天晚上在做什么？躺在一张床上相敬如宾？"

我给他一巴掌："小小年纪，你说这种话！"

他敏捷地闪身："姐，你才是白活了三十年，你一点都不知道男人需要什么。他这么多天才回来一次，你还不想办法拢住他的心，不等于是要他去跟别人。以他现在这种人物，不说一呼百应，起码也是在超市买货，任挑任选。"

我恼怒："那他就去任挑任选别的女人好了。"

诺诺冷笑："你以为他现在在干什么？"

我顿时无言以对，勉强教训他："诺诺。夫妻生活，除了这个，还有许多别的东西的。"

"是——"他拖长了声音，"可是这个最重要，要不然何必结婚，两人柏拉图好了。我记得原来看一本书，鲁迅还说过：结婚就是为了得到合法的性——连伟人都这么说。别的东西？爱情，道义？姐，这是什么时代了，还有人讲这个？"

这个时代已经没有爱情了吗？

我觉得他说的统统是歪理，但是我竟然无法说服他。

无法说服我自己。

我气馁，半天恼羞成怒，踢他一脚："这种事情，难道我做得了主？"

"你可以主动要求呀。"

我脸一沉："开玩笑。我可是良家妇女。"

他嗤之以鼻："良家妇女又怎么样？难道你没有听说过，男人要的女人是：客厅里的贵妇，厨房里的泼妇，卧室里的荡妇。"

我冷笑："我做我自己，为什么要管他要什么样的女人？"

诺诺终于轻轻说："因为是你要他留在你身边。"

我顿时说不出一句话。是，我承认。我输了。

我很不情愿地遵从了"诺诺老师"的指教，去"新大陆"选购内衣。据说，女子性感的内衣以及衣内影影绰绰

的香肌，会让任何一个男人心旌神荡。"新大陆"是本市最豪华的精品店，常有骇人听闻的天价出现，却仍有数不尽的女人在趋之如鹜——美丽的价格，爱情的价格，男人一瞥的价格。

我从没想过内衣也有情侣式的，小姐向我推荐："给先生也买一件嘛。穿上和先生一样的内衣，才显得心贴心啊……"但是我没有听见。

因为我在刹那间记起，在某一个晚上，我所看见的九信穿着的那件内衣。九信，是和谁情侣？我不自觉地拿起那件男人的内裤。

简洁的三角形，因为简单，更可以衬托男人的骠悍与强壮。

夸张男性，夸张性。

性！

我的丈夫，及另一个女人！

我霍地放下内衣："我不买了。"意识到自己失态，我急忙掩饰："对，对不起啊，我忘，忘了带钱。"转身就走，脚步踉跄。

横冲直撞地过马路，只觉得身边有一辆车频频按笛，渐渐贴近，把我一路挤到人行道上。我大怒转身。

是一辆红色雪铁龙，阳光热烈下，竟全不见妖艳之气，只觉它可爱精致如同玩具车。车窗摇下，露出朱苑欢笑的脸，正用力向我招手，她身边的男子亦微微转过身来点头致意。

　　碧蓝低胸长裙，仿似夏夜长空，这里那里露出一粒粒星子般晶莹肌肤。耳上铛如明月，微一摇曳间，连天上太阳也暗了光芒。

　　而最我令我震撼的，是她欢笑放任的眼睛，那里面有熊熊野火，无边无际；却又芳香顾盼，一如静静池塘，盛放血红睡莲。

　　雪铁龙复又徐徐驶上大马路，疾驰而去。

　　而我良久呆立在街上。

　　爱情初来，原来如此狂放大胆而又宁静温柔？

　　为何，此刻我掌中，惟有一片焦黑的荒原。

　　慢慢平息，偶一转头，发现诺诺一脸的欲言，慑于我的脸色，又止。我问："你又有什么话说？"

　　"姐，刚才在商店里你又想到了什么？"他小心地问。

　　我噎住，过一会儿说："你不懂。"

　　"我是不懂。"诺诺忍了一忍，可是到底说了出来，"我也不懂你的想法怎么那么多？"

　　"想得多不好吗？把事情想清楚再做嘛。"我随意地答。

　　"可是你想清楚之后，你就什么都不做了。小到一件衣服，大到，大到你和姐夫现在的样子。我知道你天天都在想这件事，我有时跟你说话，一下子你眼神就散掉了，我就知道你又在想。你想了这么久，也该想清楚了，但是你做了什么？"

半晌一阵心酸，我轻轻地问："你要我做什么呢？"

"挽救你的婚姻哪。"

"可是，值得吗？千疮百孔的感情，千疮百孔的婚姻，值得吗？诺诺，诺诺，你不知道，真的是，真的是，很痛，很痛的啊。"

诺诺定定地看了我许久，然后低下头："就像我妈。我爸在外面有女人的时候她天天哭，我知道，她也很痛，可是离了婚又怎么样？"他慢慢撸起袖子，一道伤痕缓缓地滑现在我眼前，长长的一道深沟，永远不能抹平的生命的伤害。他抬起头，笑，笑里闪烁着泪光。"她的痛，转移到了我身上。"诺诺又笑："她还有我。姐，你有什么？你哭的时候给谁看？你心情不好的时候找谁出气？你说千疮百孔，千疮百孔到底还是完整的，破了，打几个补钉还能穿。把它撕成布条，除了做抹布，还能做什么？我妈后来那个男的，……打她，骂她，说他们反正就是半路夫妻，他要是快死了，钱一把火烧了也不会给她，给了她也不知落在哪个杂种手里。姐，这种日子你要吗？你要吗？"

我怔怔看着他流泪的脸，他的死命隐忍却不能自控的泪。突然万分震动，我用力揽他入怀，刹时间觉得世界之大，我们是同样的寂寞，只有他，是永远帮我。

我打电话给九信："晚上回来吃饭吗？"

把我的声音当做音响设施，调调音量，旋转一个左右平衡，加一点超重低音，减一点环绕声，然后以最贤淑的妻声出场："晚上回来吃饭吗？"

静寂里，我听见我的呼吸声在话筒里左右冲撞，仿佛找不到归路，被放大到无数倍。他平平的声音比我放弃的决定只早千分之一秒："回。"

我给那只鸭子灌了许多酒，它就醉了，一边"呱呱"，一边沿着墙慢慢往上爬。我提了无数次刀，都下不了手。屠杀大业尚未成功，电话响了。

"叶青，对不起。"

在他还没来得及堆砌借口之前我抢先说："没事，你忙你的吧。"

"叶青，真是没想到，突然间……"

我听得出他的焦灼，反而笑了："没事的，又不是什么大日子，真不要紧……"

两人都忙着向对方道歉，非常之你侬我侬。

诺诺跑过来告诉我那只鸭子终于醉倒，呼呼大睡，可以下刀，我黯然说："放生吧。有个笑话怎么说：不必在结婚纪念日杀鸡杀鸡，那可怜的小动物不能为婚姻的失败负责。"

那晚，我与诺诺吃面，把腿跷高，呼噜呼噜吃得非常恣肆。菜摊了一厨房，我懒得炒。

门铃镇静地响起，我岿然不动。又是几声，诺诺半欠身，犹豫地看我，九信已经推门而入。

我懒懒问："你怎么回来了？"

他夸张笑："忙完了不回来到哪里去呀？"向桌上一探头，"咦，没我的饭哪？"诺诺早溜进厨房："我再下点面。姐，菜炒了吧。"

九信自然而然在我对面落座，我深深看他一眼，他却不自觉地，有细微的闪避。诺诺飞快端菜上来，热气蒸腾，模糊了他的脸容。

他折身看一眼厨房，然后压低声音："他还没走？你准备留他多久？"声音里压抑的不快。

我正准备解释，突然，他信手搁在桌上的手机嘀嘀叫了起来。

所有的静，所有的随意，所有的忙乱都跳了一下。

我看见，他的手，迟疑地伸向。

"嗤"一声尖利的锐叫，我吓一跳。猛低头，是我无意识间，将筷子尖端抵在了白瓷碗底。它一滑，我心亦一滑。

九信轻松地关掉了手机，笑道："下班时间，概不办公。"干掉一大口面，"饿了。"

桌上杯碗盘盏，罗列如画，九信随意说些什么。我在一瞥间，却窥见手机屏幕的暗寂，那里面封锁了些什么？

他三番四次改变主意，到底是因为情况有变，还是，胸中疚意？他也许忘了，我明白，他根本不是下班时间不办公的人。

我竟不能自如地躺在九信身边。在他微醺声中，我爬起来听电台里的谈天节目。

深夜里，竟有这么多不能入睡的人，诉说着寂寞的心事。

一个女子问："我有个男朋友，谈了三年，已论及婚嫁。可是不久前，他对我说，他配不上我，觉得我应该找一个比他更好的。而且不再主动约我，如果我打他电话，他还是接，可是重重复复说：他配不上我。他是真的自卑，还是别的？"

"小姐，他不要你了。"我被自己的声音吓了一跳。

原来，我什么都知道。

床灯桃红光晕没着没落洒了半床，我举起双手，仰脸看光的透过，十指都半透明起来。九信忽然伸出一只手，关掉了收音机。

原来，他也没有睡着。

我们睡在同一张床上，却醒在各自的生命里。

我又扭开收音机，已是另一个声音，在兴奋地告诉全世界他刚刚做了父亲，有个九斤四两的小宝贝，他大声疾呼："九斤四两啊。"

我却在想，若我是主持人会如何回答，也许是："静观其变，等事情到它水落石出的那一天。"也可能是："当断不断，必有大乱，去追查真相吧，长痛总不如短痛。"

窗外，谁家的电话不合时宜地响起来，收音机液晶表

面上跳起暗绿字眼，我忽然心内一动，在顷刻间下了决心。

"喂，我是叶青呀。有件事情想麻烦你一下，就是我有个手机，不知怎么，总觉得那个话费不对……哎呀，你又不是不知道你们电信局的人都是什么态度，你帮我查啦，好不好？最好帮我打一个单子，就是那种每个电话，号码，时间……老朋友了，还嫌什么麻烦……"

那明细表，仿佛飞天身后的丝带无穷延长。我把它们一列列剪下来，分开，又归类，风吹得它们急切拍翅，仿佛在玩玲珑的拼图游戏。

碎了的心可以拼吗？

有一个号码，每天都出现，有时两次，有时三次。

午后，我在房里，在音响、彩电、家具、博古架，一切我生命里的依靠，一切的藩篱之间游走，是被自己困死的虫。

天热，我比人家都早地开了空调，冷气口吐出袅袅白气，我却满背的汗：我万里征程，千辛万苦，寻求的根本就不是答案啊。

我从不能记圆周率超过三位以上，然后那8个数字却纠结如一条花蛇，在我心头，红信子一伸一缩，喷出墨黑的毒汁。

传说里，人犯总是征寻刀法最快的刽子手，保证在一刀之后即可死去，让所有的痛简化为一瞬。

我终于颤抖地提起话筒：8 – 7 – 8……

只响了一声就有人接起："喂，是你吗？"活泼轻快，满是惊喜。

我一下把叉簧按到底。那声音，我认得，烧成灰，碾成末，晒成干，煮成汁，我都认得。

那是上海之夜，九信房里的声音。

我恍恍惚惚站起身，对诺诺："我出去有点事。"

慢慢逛街，沿途浏览小店，置下一件真丝长裙，付过账，又被人家"小姐小姐"喊了回去——我忘记拿衣服了。

买一个最喜欢的可爱多，镇静地撕开包装一口口舔，忽地惊觉，整条手臂全是融掉的巧克力和奶油。

接了人家递的房地产广告，道一声："谢谢。"还认认真真看了几眼，走到垃圾筒跟前才扔进去。

我不懂得我怎么可以这样静，如一座死去多年的火山。

终于走到九信公司，坐在大楼对面的花坛上，车来车往，灰尘漫天，可是我好像什么都看不见。

我并不知道我在等什么。

而我几乎第一眼就认出了她。

当她从出租车上轻快下来，长发活泼甩荡，三步两步跑上台阶，门吃了她，可是她小花裙掀起的波浪似乎还在门外轻笑。

她是这样年轻，这一季所有流行的小一码露这里露那里的衣服她都可以穿。而当我如她这般年纪，也不曾有这

般的容颜和如此的青春。我不自觉，把脚往身下藏一藏。

过了很久，我行尸般站起身，缓缓走上台阶，粘湿的手掌在玻璃门一沾就是一个巧克力渍子，吃力地推开沉重的玻璃门。我看见九信疾步走过大堂，径自向她走来，将她的腰一围……

"问九信。"

九信错愕地抬头，那是我从十三岁起爱恋的脸孔啊，我放倒我的城，任他走进随意践踏，却为什么，伤我的是他？十七年的时间蔓延如长城万里，我镇静地走上去，挥了他一耳光。

那一巴掌比任何想象中的都要清脆响亮，仿佛是我心底最绝望的呐喊，连我自己都被吓住了。

九信下意识一抚脸。

身后有人大叫一声，扑上来，将我拦腰抱住："姐姐，不可以，别打了。"

我不言不动，只静静看他，身边渐渐多了惊愕、好奇、津津有味的眼睛。九信不知所措地张望一下，然后沉下脸来："叶青，你误会了。"对诺诺，"你先带她走。"

诺诺胡乱地应一声，想拖我。我挣开他："我自己走。"然而我心向下坠，坠到我整个人都弯下腰去，像一架失去准头随时会撞毁的飞机。我想我失去他了，永远。

他在四天后回来。

我正在壁间清理杂物，六月的阳光清金色，从窗里跃身而入，照得一室灿然，连那些陈年积物亦蒙上金尘。天气真热，我一额的汗。周围静无声息，只听见诺诺在外间开门的声音。我蹲在地上，很专心。

细细的脚步声，停在我的背后。微微偏头，我看见淡绿的墙纸花纹上，我万分熟悉的人影，在黄昏的阳光下被拉成不能想象的巨大，是冷的。我不转身，亦不说话。

我不知道该如何面对他。我不知道该对他说什么。

半日，我听见九信迟缓地叫我："叶青。"

良久，没有下文。

但是我知道有。他的回来就是为了下文。

"叶青，这几天我一直在想：我们这样闹，也不是个办法。也许，大家，分开一下，会好一点。叶青……"

顷刻间失聪。

随即恢复正常，甚至没有停下手中的活计："好，后天是星期一，我去单位开证明，然后你哪天有时间，我们把手续办了。"

他急促地打断我："不不，我不是这个意思。我只是说：我们，暂时分开一段时间，都冷静一下，好好想一想，看看我们之间还……"他一顿。

还能互相接受吗？还有未来吗？还能做夫妻吗？

我说："那么，你给我一些时间，我找房子。"

"不必。这里还是你住，我搬出去。"

是，他有地方去。

我淡淡道："没关系，反正有诺诺陪我，子不我思，岂无他人。"我宁肯他误会，也不要他当我是无人要的垃圾。

我低头拾起一叠书本翻捡，"哗"的一声，几张照片跌了出来。

我突然不可抑制地颤抖起来。

我记得，那是十年前，我十九，他二十一。我们在暑假打了一个月的工，攒了六百块钱，到海边玩了一个星期。搭没有座位的过路车，站到终点，一直一直彼此支撑；在骄阳似火的街道上找自来水龙头喝水；住床单颜色非常可怕的小客店甚至车站候车室。为了省钱，照片都是黑白的。

照片上，有黑白的大海，黑白的阳光，黑白的沙滩，然而他搭在我肩上的手，我微微依靠的样子，还有我们脸上的笑容。最艰苦的时候，我们是相爱的，比海深，比蓝天更久。然后呢？到底发生了什么？

甚至连那时的照片都还没来得及褪色。

我维持蹲伏的姿势，双手握住脸。

感觉到，九信慢慢俯下身来，越过我的肩头，捡起了照片。

他在我背后站了许久许久。一片沉寂，只有照片在他手上簌簌发声。

仿佛时光为我们停滞不前。阳光极热，而我觉得冷。

他还是走了。

除了照片，他什么也没有带走。

当然是没有必要。在另一个地方，有另一个家，另一套盥洗用具，另一身睡衣，另一幅他最喜欢的粉绿床罩，另一个女人。我所能给的一切，那儿都有。

午夜，我睡得迷迷糊糊，却听见楼下有停车的声音——是九信的车。

我"唰"地坐起来，赤脚就下了地，三步两步地冲到门边。

大门紧闭，我在黑暗中惶急地找钥匙，到处。脑海中一片空白，完全想不起钥匙应该在什么地方，"乒哩乓啷"地不知打翻了什么，也来不及管。甚至忘了开灯。钥匙呢？钥匙在哪里？九信，九信就要上来啦。

诺诺从房里出来，开了灯："姐，你干什么？"

突然的光明让我什么也看不见，我盲人一般摸索："九信回来了，我给他开门。"

诺诺声音紧张："没有啊，他没有回来。"

我瞪他："我明明听见他停车的声音。"继续地翻箱倒柜。

诺诺直扑过来，拦住我："没有，什么声音都没有。姐，你听错了，咱们去睡觉吧。"

我挣开他："我没有听错。是他回来了，你干什么，让我开门。"

　　"姐——"诺诺用力挡住我，大叫一声，"姐夫走了，他不会回来的。"

　　顿时，我所有的动作都停了下来。我茫然地看着他，仿佛不明白他在说些什么。夜的静重重叠叠地向我压下来。

　　然后我突然尖叫起来："你胡说，你骗我。"我挣扎着，用了蛮力，没命地撕扯。"你让开，你让开。"

　　诺诺用尽全力捉住我，一声声地叫："姐。姐。姐。"我在不知不觉间泪流满面，嘶声嚎叫："你别管我。"他握住我的手，我用指甲抓他，没头没脑地打他，最后咬他，咬，把全身的力气都放在牙齿上，拼尽全力，咬。我想我是疯了。

　　诺诺"啊"地叫出了声，与我双双跌倒在地上。

　　凉浸浸的地板迎面扑来。

　　我脱力般伏在地上，失声痛哭。

　　在痛楚与绝望中我抱紧诺诺，现在，他是我的唯一。

　　第二天醒的时候，是在床上，已近中午，风掀得窗帘起起伏伏，阳光时隐时现，仿佛调戏。我不大记得昨晚发生的事。

　　只是非常疲倦。

　　在卫生间的镜里看见自己的蓬头垢面。

　　往掌心倒洗面奶的时候，我看见指甲尖端，有干涸的血迹。我竖起手掌：几乎每一个指甲上都有。

我心中一凛，是诺诺的血，是我昨晚抓出来的。

我在各间房里寻找他，我想看一看我到底把他伤到了什么程度。

然而他不见踪影。

我等到傍晚时分，他始终没有出现。

我心灰意冷。

就是这样。先是九信，然后是诺诺，每一个人都不能忍受一个像我这样冲动、乖戾、暴力、不通情理的女人，所以他们都离开了我，一个接一个。我不再可爱，不再温柔，不再富足，对任何人而言，我都不再有值得留恋的地方，我只是一个，被所有人抛弃的弃妇。

我在窗前坐下，转动手上的钻戒，嘴角略略牵动：幸好还有这个，实在走投无路，就卖了它，应该还够吃几天。那则广告是怎么说的："除了钻石，还有什么可以比拟爱情的天长地久？"权威的男声，仿佛是神，仿佛说的是永恒的真理。

钻石可以天长地久，爱情不能。

我呆坐长久，直到天空逐渐失色，终至漆黑一片，而我没有开灯。

以后，我将习惯于这样的夜，这样的独自。

诺诺回来的时候是晚上十点。他径直走到我面前，伸出手，掌心有一个薄薄的信封。

我懒洋洋地问："什么？"

他答："姐夫给你的。"

"什么——"我惊悸起立，声音瞬间变调。

竟是一出折子戏。

经过小区大门时，诺诺满怀灼灼的红玫瑰，一脸殷切的笑意："我是花仙子花店的送花先生，收到一份订单，是某楼某座某小姐……"吃力地用花束移到一支手，另一支手艰难地去拿"工作证"，一个把不紧，花束险些掉到泥地里，赶紧两只手同时拥住，那张"似乎"的工作证一直没机会拿出来。——第一幕落。

一位女子刚刚踏出楼梯口，反手锁上铁门，正准备将钥匙放进包里，身后有男声："小姐，可以帮我一个忙吗？是这样的，我的女朋友住在四楼，今天是她的生日，我想给她一个惊喜，所以就不方便按铃让她开门，因为，"头轻轻一低，充满爱意的眼光掠过那些晶莹闪烁的花朵，"她还一直以为我真的忘了，以为我今天根本不会来……"——第二幕落。

然后诺诺的声音就含糊起来："本来……没想到……"

我急得跌足："你倒是说啊。"

诺诺支吾半晌，忽然不好意思地，一笑："那白痴女人。"

那巨束的玫瑰绝无可能从铁门里递进去，所以剧情策划便是她当然会开门让诺诺进去，只要进了门，诺诺自信有办法，但是"那白痴女人"拉开铁门，还不曾看到门外的英俊少年，眼睛已经被玫瑰的红染得熠熠生辉。诺诺的介绍才说了第一句，她已经一路冲回屋里，听见她惊喜喘息的声音："是你吗？是你给我送的花吗？"随她出来的男人只看了一眼，定睛喝道："是你。"

诺诺差点模仿《鹿鼎记》里的韦小宝："不是我。"

九信半转身，对女孩低声叮嘱几句，她惊疑地向这两个男人打量几眼，还是顺从地进去。九信这才回过头，隔着铁门对诺诺喝道：

"你来干什么？"

我也不断地追问："你为什么要去找他？"

诺诺把回答九信的答案又对我再说一遍。

"如果此事因我而起，我解释。如果不是，我至少可以帮你们传话。你们之间有太多误会，如果愿意，都是可以澄清的。"

九信怒极，却反笑："哦，你传话？你是什么东西？你真以为我不知道她从哪里把你捡来的?!"沉下脸来，"还敢来这里生事，给我滚。"反手撞上木门。

诺诺在震天动地的撞门声里直着嗓子大叫："但是叶青是我表姐。"

听见门后九信的脚步陡地一凝。

我亦急声问："你说什么？"

九信缄默了一会儿，然后抬起眼睛："姐姐，对不起，我是有意说谎的。"他的声音渐渐滑落，"我，不是有什么企图，也不是要造成口实，我只是……"

我"啊"一声："不不不，诺诺，姐姐不是这个意思，其实，其实……"他低头时，我看见他颈背粘粘的汗，禁不住伸手揽他入怀："这不算谎言。我不是早就说过嘛，你是我弟弟，至于其它的……都是细枝末节，不说也罢。"

他的头在我怀里稍稍地犹豫了一下："那，可以不告诉姐夫吗？"

我镇定地答："自然可以。"

事实上诺诺根本不准备告诉，因为木门重新打开时，铁栅后的九信有锐利如刀的眼光，冰冷地，雪亮地，经过他的全身。诺诺在刀光里不安，及战栗。

九信终于开口："她怎么不告诉我？"

诺诺立即反问："你怎么不问她？"

"你明明怀疑我的身份，为什么你偏偏不肯她？她明明知道你怀疑，又为什么偏偏不肯说？"诺诺问。

是一盆水的迎面一泼，九信措手不及。诺诺趁势小声求恳："能让我进去谈吗？"

我要求所有的细节，因而诺诺数：地毯、庞大的音响、水晶灯、窗前一挂风铃细碎的叮叮铃铃、水族箱里红鳞的鱼在摇摇摆摆……但是"很假，像电影里的布景，姐，我还是喜欢你的布置，清清爽爽，胜在气质。"——这小子，不是不聪明的。

我苦笑。

然后败在其他？

早已满盘落索，一子对有什么用？

我在想：那布置，所费当然不赀，只是——这不应该是九信欣赏的风格。

是我不真正懂得他？或者，因为……爱？所以他有无限的包容？

一时心念浮动，让我没有听清他们最初的对白，只听得诺诺说："……我知道我不应该来，也不是姐姐让我来的，是我自己有话要说，不说出来，永远不会安心。"

诺诺有备而来，因他的开场白就是："但是叶青是我表姐。"以后种种，说得有条不紊，当详则详，当略则略，有些事一笔带过，更有些事，根本提都不提。娓娓道来，根本就是一部小说版真相。

然而说到自己惨痛的身世，仍然不能自抑地一噎。

他问："难道好人真的没有好报？我的父母遗弃我；亲戚们不是把我拒之门外，就是当我是廉价劳动力；很多人欺负过我，有些人的坏，我简直说不出口。我都以为世界就是这样的了，可是姐姐。我们几乎是陌生人，我甚至不曾见过她，她却收留了我，给了我一个家，不是她，我不知道今天我会在什么地方。她让我第一次相信世界上还有爱和善良，却反而因为这件事，毁了她的生活。善良和爱，

是罪吗?"

——是不是,爱是最惨痛、最无可救赎的原罪?

九信略略动容,蔼声说:"不,跟这件事无关。"

诺诺小心翼翼地问:"那,因为她那天当着人打了你,伤了你面子,你生气了?"

九信淡淡道:"算了,都过了这么久,还有什么好气的?"

"但是,你还是不原谅她?"

九信反问:"她做了什么,要我原谅?"

诺诺紧密盯人:"既然姐姐没有错,那么,是你错?"手心捏一把汗。

九信脸上并无愠色,笑一笑:"就算是我错好了。"想一想,无限感慨,"男女之间,如果这么容易就能说清谁对谁错,就好了。"

诺诺好不容易才理出头绪:"你的意思是,你和她,都没有错?如果真是这样,"诺诺尖利地问,"十七年的感情,为什么会毁于一旦?"

九信仍只笑,不欲说什么。

诺诺亦附和地笑,然后轻描淡写道:"这个问题,我以前问过我父亲——那时,傻,以为拼尽全力,就可以挽回自己破碎的家。——我父亲说得比你还技巧:缘分已尽。随即携新欢远走高飞,过逍遥日子去了,留我们孤儿寡母自生自灭。"

九信笑容顿敛。

诺诺只作不知："说得真好，我要记住，以备将来。我也是男人，有朝一日说不定也会背情负义，抛妻弃子，到那时，这些冠冕堂皇的借口都可以一一使将出来。有备无患，是不是？"

九信霍然站起，颜色大变，但是诺诺如此镇静，镇静而无畏，九信终于颓然坐下，一手撑住了头："不是这样的。"

"不是这样的。是，十七年的感情，可我渐渐懒得回家，想起天长地久那几样菜式，都觉得烦腻；叶青，她曾无尽地信任我，相信我的爱，相信我会给她最好的将来，现在她怀疑我，与我吵架，每天无事生非，寂寞得要去跟外头的人倾吐心声……"那声音，低沉下去，渐渐迷离恍惚……

瞬间惊觉，身体陡地挺直，眼神重又恢复矜持冷淡："我不用跟你解释，你也不会懂。你今天肯来跟我说这些，澄清误会，我感激你，你关心叶青，我也很高兴。只是，我想，我和叶青的事，我会处理好。无论如何，我还是谢谢你。"起身，送客。

诺诺不得不站起，仍自不甘，做最后的挣扎："我相信你会处理好。可是姐姐，你知不知道，她昨天晚上……"

九信才迈出一支脚，"哗"地锁住，陡地转身："叶青怎么了？"

焦躁地不待诺诺回答："快说。"

喝道："说啊！"

诺诺轻轻地说："你明明还是喜欢姐姐的，为什么不能回去？"

九信整个人窒住了，良久，方缓缓落座。

——为什么？到底为什么？

一阵风过，窗前的风铃轻轻摆荡，那细小的叮铃声泼溅在两个人的面面相视里，仿佛洒水车急切的水流打在盛夏炎炎的大街上，激起大片的尘烟滚滚，瞬间被蒸发，反而只有更热。

每一粒空气的分子都被惊醒，屏息静待九信的回答。

九信只是长久地注视着他，突然问："你叫什么？"

诺诺答："我叫许诺，别人都叫我诺诺。"

九信略略沉吟道："哦，叶许诺。"

诺诺没有纠正他。

九信又问："你多大？"

诺诺一怔："十七。"

"十七，十七。"九信连连重复了几遍。久久地沉默，忽然苦笑。

诺诺看不懂他突然的奇怪表情，只知道，那笑容分明是与喜悦无关的，很尖利又仿佛很酸痛。

因而诺诺的心，在刹时间提起。

九信不再说话，起身，在室内缓缓来回，深深地皱着眉，一手不自觉地伸入袋中探摸，好久才提出烟盒，摸出一支烟，却只是捏在手里，忘了点火。厚实的地毯上甚至连脚步声都被湮灭。

他的沉默。良久。重似千钧。

十七岁的少年耐不住这样的沉默，诺诺的额上密密出汗。

寂静里诺诺听见卧室的电视里，有女子在哀婉地唱着：

我是不是你最疼爱的人，你为什么不说话，握住是你冰冷的手，动也不动让我好难过。我是不是你最疼爱的人，你怎么舍得我难过……

余音袅袅。

九信自然也听见了——然而他也不说话。

"你真的准备和姐姐离婚吗？"诺诺终于忍不住，直截了当地问。

像被人凭空一绊，九信的脚步停在半途。半晌他转身看向诺诺，慢慢地说，眼光闪烁："不是准备或者不准备的问题……诺诺，大人的事情太复杂了，你还小……这几天，我就不回家了，"他从皮夹中取出一叠钞票，递过去，"这是给你的，你替我照顾好她。另外，"他折身进房，稍顷出来，手里提着一个信封，"这个你帮我带给姐姐，告诉她，要用钱还在原来的地方拿。"

　　我痉挛地捏紧信封,感觉到里面是硬硬的片状金属:钥匙。大门钥匙? 他不准备再回来了? 室内的空气顿时密集如墙。

　　我颤抖地拆开封口,掉出来的是一把小钥匙。我拈起,仔细地辨认了一会儿才记起: 这是我梳妆台里暗屉的钥匙——瞬间的往事如烟。

　　那时我们刚刚结婚,很穷,因而很珍惜钱,怕有小偷来洗劫我们已经太微小的财物,九信就托人在梳妆台上嵌了暗屉,成了家中保险箱。常常在灯下,两人一起数着薄薄的钞票,九信说他将要做的生意,我告诉他我在店中看到的美丽物件,一起幻想金银满箱的情景。然后他大富,数千上万不在话下,我的收入不值一提,发了工资,随手一搁。那个暗屉自此我没有用过,甚至不再想起。

　　早已时移事往,却没有想过九信竟然还在用。

　　而到底,他还是在意我的,在此时,还挂记着我要用钱。

　　许久心事纷乱。

　　终于我迷惘地问诺诺:“那个女人,是什么样的?”

　　诺诺有点狡猾地笑:“我出门的时候,听见她也在问:‘你太太是个什么样的人?’”

　　啊,知己知彼,百战不殆。

　　可是我怎么样,或者她怎么样,其实真的重要吗? 都只是取决于那个男人的选择,无端的输和赢,不能控制的进程。

信手自茶几下捞几张旧报纸翻看：大幅密密股市行情，细如蚁群，旁边走势表上的箭头却粗重浓黑，一路下跌，看得人触目惊心。

我正欲换张报纸，可是手瑟瑟抖起来。

我又何尝不是股民？我将我的终生投资到一支叫做"问九信"的股票上，心甘情愿被套牢，随大盘风云起落，行情表上惊红骇绿，我总不肯放掉我的手。

都以为是一生一世，却不料只因另一个大户入市，他便雪崩般狂泄不止，每天一个跌停板，顷刻间，我便血本无归。

而我，为什么还要苦苦守他的想，等待他的告知，是停牌还是解套，甚至梦想再创新高？为什么我就不能割肉？一刀挥去，血雨四溅里，那块割下的肉从此与我不相干。

自此了断。

诺诺端着热好的饭菜出来，诧异地问："姐姐，你穿衣服干什么？"

我说："我出去一下。"

新置长裙，红衣烧得如此痛彻肺腑，要烧破夜的黑不见底——我恨不得将天地化为灰烬。谢景生只轻轻问："下雨了？"

细雨早濡湿我肩头。

默默用干毛巾把头发擦了又擦，动作越来越缓慢——

擦不干了，每一根发上都凝了一颗泪，谁能承起三十万颗眼泪的重量。

没想到红衣湿了水会这般透明。本来就只一张皮，此刻它凄艳残红，委婉地贴着身，若隐若现地，将内里的纠葛、矛盾、翻搅，悉数出卖。

我不由得羞赧起来：此来为何？

交还毛巾给他，强笑一笑："谢大哥……"

他轻轻一握我的手："先喝杯热咖啡再说。"

咖啡在银壶里沸腾刹那，真是焚情种种，心事大起大落，香动四野。喝在口里，明明早知，却还是愕然一下，怎会如此热烈苦涩，如此咄咄逼人的真相。

我低头小口小口地抿着，谢景生问："又是为了问九信？"

无端地，咖啡的水面颠簸摇曳起来，滴在手背上，竟有丝丝声，瞬间烫痛。

我没有抬头。

……良久，谢景生叹气道："自我认识你以来，你每一次闷闷不乐，都是同样的理由。——我倒宁肯你哭一场，哭过了雨过天晴也就罢了。"

我轻轻叫一声："谢大哥……"每一个字都多刺多刃，割心伤舌，"问九信他……他，他……"连喉管都刺痛起来。

谢景生趋身前来，握住我的手："叶青，为什么每一次，你都要为了另一个男人而在我面前伤怀？"

——他是知道的。

就像我知道他深藏十余年的心意，他也知道我昏夜所为何来。

空气中忽然充满动荡气息，仿佛石破天惊前的异兆。

窗外的雨还在下吗？而室内这样静，煌煌的灯，重金水仙花的窗帘将夜色封锁于窗外，黑白大理石地板丽清如水，将两人身影明晰映出。

两个倒影，越来越贴近。

无遮无掩，无所遁形。

谢景生问："你还记不记得我们第一次见面的样子？"

我顺口敷衍："十多年了，那时我还小。"

谢景生淡淡笑："我那时很可笑吧？西装笔挺地挥汗如雨，你就一直笑，直到我说出粉红薯条的故事——其实那些痛，我早就忘了——可是看见你的泪……留美十年全部血汗都得到补偿。有生以来，第一个为我落泪的女孩……"他喟叹，"那时我就没有希望。"

一出戏，演到台上台下都明白曲折隐秘，然而这样突兀地、赤裸裸说出，仍不是没有杀伤力，不是听不见观众喧哗惊动的。

咖啡杯，捏得太紧了，就这样觉得它，一点一点凉了下来。

说什么都不对，什么都不说更不对，他的笑，落寞而

专注，仿佛豹的潜伏。我十分紧张，却又有异样的痛快淋漓：子不我思，岂无他人！

情知我此刻的笑便是诱惑与鼓励，是挂在马儿眼前的一把青草，让他无法停住脚步。我仍温和地说："谢大哥，你都记得。"

他顿声："不要叫我谢大哥。"忽然欺近身来，用力握住我的手腕："叶青，问九信并不适合你。人性是贱的，他得到你太轻易，因而不珍惜，你需要的是一个珍重你、在乎你、永远不让你哭的男人。"

他喷出的呼吸急躁热辣，是我引的火，我又害怕烧身，不自觉让背挺直，话语却仍温软："那时太年轻了，不懂得感情。"

"叶青……"他将我的手握痛了，我不自觉一挣，景泰蓝镯子的叉簧"啪"一声弹开，"锵"一声巨响，笔直坠在大理石地面上，滚得老远。

谢景生迅速缩手，折身向门口看去。

我张口结舌，半晌不能反应。

他，为什么要看门？

他的惊慌与戒惧，额上青筋一现，是从何处来？

渐渐，渐渐，我嘴角浮上自嘲的微笑。

说什么珍重在乎，只要再进一步，我们还不就是所谓的偷情？人世间任何尊贵庄严的事，配到一个"偷"字，就是从七重天甘愿自赴十八层地狱。

　　男人用瞒着老婆攒下的私房钱请女人喝咖啡，女人趁老公不在家的工夫悄悄赴约。用偷来的时间与空间，匆忙潦乱地欢爱一场，在星月都回避的背人处，指天誓日诉说衷肠。

　　然后再在众人面前，以楚楚衣冠相对。

　　好像餐厅整洁明亮的店堂，与它的，苍蝇齐聚、油泥处处，厨师用刚刚搓过脚的手抓一把菜丢在油锅里的厨房。

　　如此苟且、污秽、不堪言说。

　　我竟，自轻若是？

　　他松了一口气，转过头来。

　　我问："哎，朱苑呢？她怎么不在家？"

　　他转头的姿势，僵在了原地，许久许久都调整不过来。

　　我追一句："呀，咖啡都凉了，我要换一杯。"

　　闲闲起身，冲破密簇空气的网，试着走几步，弄出零碎声响，这又是一间正常的房间了，刚刚四壁无数窃听的耳朵、窥看的眼睛都瞬间隐去。

　　他终于转过头来："哦，她单位同事约了去泡吧，刚刚打电话来，说正在唱歌，准备玩个通宵。"起身，"我帮你把镯子捡回来。"

　　叉簧啪一声扣上，仿佛是落下一道锁。又是一个完美的圆环了，严丝合缝，不露痕迹。

　　——都过去了。

　　两个老朋友，闲话家常已罢，我抬头看看壁钟，"晚

了，我回去了。"

他说："我送你。"

还在三楼，只听见楼下有人喊："姐姐，这里。"

我冷脸，声色俱厉："诺诺，你跟我过来的?"

诺诺退一步，有点委屈："姐姐，我看你情绪不好，怕你不安全。"笑起来，"我妈原来就是这样的，跟女友诉苦，诉着诉着就一起骂臭男人，所以就不敢上去，怕白挨骂。"

谢景生没有跟下楼来。

——这就是为什么隔那么远，诺诺便要大叫的原因吧?他存心不想看到什么，要为我遮掩一分，还刻意:"女友"。

而我该如何解释：我什么也没有做。

在清凉夜色里，仍觉得面颊滚烫刺痛。

雨早已停了，诺诺近前，拉拉我的袖子："看衣服都湿了，怎么刚才不换一下呢? 我们去街上叫车吧。"坦坦率率，说着明白与相信，他竟如此曲意，为我护航。

我说："好。"

转身间，叫夜色中一切沉落于夜。

凌晨三点才朦胧入睡，便被电话惊醒，那端问："是问九信家吗?"

我答："是。"犹自半睡半醒。

但是那端的声音说着："交警大队……车祸……问九信……昏迷……二医院……"

我如遭雷击，话筒哐啷一声落下，半晌才撕心裂腑地叫出："不——"

他们一定是弄错了，这不是九信，我不认识这个人。

几近破碎的衣服！大量的血——不能想象一个人竟能有这么多的血！扭曲的身体！变形的脸孔！从救护车里出来的只是一堆血肉，仿佛跟生命已经毫无关系，身边是同样鲜血奔涌的陌生女子。但是这竟真的是九信。他死了。我的丈夫死了。

那么多、那么多的血正在喷射出来。

我不在乎他回不回家，我不在乎他的心在哪里，我只要他活着，我只要他。

他们把九信和她抬进去。我狂叫，想扑过去，但是被人抱住："不要妨碍医生。"许多人挡在我周围，许多人挡在我和九信之间，许多人挡在生与死之间。

我叫，我向每一位穿白大褂的人求："救救他，求求你们救救他，救救他！"我拉住他们的衣服，我跟在他们身后跑。

一位医生喝住我："两人都要做大手术，赶快回家拿钱，多拿一点。"

我在混乱中手足无措："我不知道他的钱在哪里呀，怎么办？怎么办？"

诺诺用力摇撼我："钥匙！姐夫给你的钥匙！"——

"要用钱在原来的地方拿。"

恐惧与混乱让我完全不能思索，一切行为都是机械的，拦车，指路，冲上楼，开锁，就在抽屉即将拉开的一刹那间——

一刹那间我忽然清醒和理智到极点。

我握住钥匙的手在犹豫：如果九信被救活，他将会离我而去。而如果他死了，我是他唯一的继承人，万顷财富都是我的……

很多想法云集。

真的只是瞬间。我随即拉开了抽屉。

我没有想到里面会有一切。

房产证，股东证，存折，公司产权书，国库券，存单，美元现金，保单——我从来不知道九信还买了保险：他的受益人是我，我的受益人是我的父母。而所有的，从房产证到产权书到存折，每一件都写着我们两人的名字：问九信、叶青；问九信、叶青；问九信、叶青……他将他的一切均与我平分。

存折上最后一次存入款项，是六天前。

我终于嚎啕大哭。

原来他竟是真的爱我。

不论他身边有没有其他的女人，他仍然把自己的一切都交给了我，我是他今生今世的妻。

而我，却想到了如果他死……为这一刻的念头我将永远不能原谅自己。这是我对九信一生一世的相欠，而我要用一生一世来偿还他。

十八个小时的手术。我一直站在手术室外，不肯坐下休息，在最疲倦的时候我靠向冰冷的墙壁——墙里有九信，在生死的边缘。听见寂静的墙里有心脏跳动的声音，我用自己整个的身体贴紧墙壁——我只能如此靠近九信。

对面的手术室里，是她。我亦为她付了手术费。死神执戈而来的时候，没有人是任何人的敌人，我没有时间来想她与九信的关系。

我只想着九信。

我低低地哼歌，哼给那堵冰冷的墙。"军港的夜晚静悄悄，海浪把战舰轻轻地摇，年轻的水兵头枕着波浪，睡梦中露出甜美的笑容……

是许多年前，当我们刚刚相遇。最初的流行歌曲，在我们最单纯的青春，下晚自习的时候，一起走过校园里幽静的小路，九信常常唱给我听。十三岁豆蔻枝头的女孩，为自己听到了歌外的东西而悄悄脸红。

我哼了一遍又一遍。

我宁愿相信那出事、受伤、动手术、面临生死的仅仅是九信的身体，而他的灵魂，一直在最高的地方，静静俯看，侧耳聆听。

我知道他听得见。

他们给九信输了大量的血。我是如此渴望我的血可以流淌在他体内，我的生命将籍此在他生命里生存，自此难舍难分，永不分离。

却不能。

他是 O 型，我是截然相反的 AB 型。

晚上八点，大门无声地开启，九信被推出，犹自昏睡，白布下他的身体单薄渺小。我踉跄上前，紧张地问医生："怎么样？"

医生点头："手术很成功。如果恢复得好，可能不会留下后遗症。"

我至此方觉得我如此疲劳。

然而不能倒下，因我还要护理九信。

我守着他，守他一床的呼吸声。有多久多久，他不曾在我身边如此沉睡。我握住他软弱无力的手。从夜到昼，又到沉沉的夜，只在床脚有小小的地灯，我在黑暗中和我的男人在一起。

不知过了多少时间，"啊——"九信发出痛楚模糊的低音，从麻醉中朦胧醒来。我急切地俯身："九信，九信，你怎么样？怎么样？"

九信的眼睛渐渐转向我，仿佛对不准焦距，又仿佛认不出我是谁，他喉中发出"嗯嗯"的声音，半天才喃喃地说："叶——青。"忽然眉头一皱，叫了出来："疼——"

我笑中带了泪。

我彻夜陪护着他，不眠不休，为他拭汗，安慰他，照顾他的大小便，抚摸他正在做牵引、高高吊起的腿，轻轻搂抱他，他在我怀中渐渐安静。

从事发当天就有许多听说消息的人纷纷前来，络绎不绝，手中大包小包，我叫诺诺接待，一个也不许进病房。自己就靠在九信床边，倒头就睡，睡得异常安稳——我和九信还有一生的时间厮守，需要保存体力。

我倒没想过还有找我的客人。

是谢景生。

《一个女人一生中的二十四小时》。

我一时迟疑，他却浑然不觉，急急走过来，一把抓住我，声音急切："你还在这里干什么？"

我一愣："什么？"

他大声说："你还不赶快离开问九信！"

我脸一沉，随即放缓："谢大哥，我不懂你在说什么。问九信是我丈夫，他现在出了事，是最需要我的时候。即使他残废了，我也不会离开他。"

谢景生一怔，脸上渐渐涌起冷笑："你丈夫？那他车里怎么有另一个女人？"

我一惊，只不动声色："谁说的？"

他冷笑加深："你应该问，全城的人，现在还有谁没有说？"

最恐惧的事注定发生，我反而镇静下来，淡淡道："这有什么了不起的。朋友嘛，偶尔顺路就带一程，谁也没想过会这样。现在出了事，外人不了解情况，当然会乱说话。"

谢景生错愕地、不明所以然地看着我，久久静默。

突然他几乎是悲伤的："叶青，我们连朋友也做不成了吗？你竟然把对付别人的说词来对付我，敷衍我。不再凡事向我倾诉，寻求我的帮助，你已经不信任我了，是吗？"他轻轻地问。

我作惊愕状，扬眉笑道："谢大哥，你说哪里去了，我是说真的。"

一口一个谢大哥，最含蓄也最锐利的暗示。

病房的长廊，四壁皆素，有人捧着大束马蹄莲与玫瑰快步走过，是年轻的、眉宇毫无愁意的少年，他的女友只是感冒吧？我退了一步，让出路来。

始终微笑着。

谢景生困惑地问："叶青，你怎么会……"

他不明白。

是河床教会了流水的扭曲，是夜的黑沉训练了蝙蝠的耳朵。感情的跌宕迫我成熟自保，生死之间极狭窄的隘口我已做出决定，而且终不反复。

十八岁那年恋情的哭笑曾令成熟男子不能自持，但那些日子，已如瀑布自悬崖跌下。

我说："谢大哥，谢谢你来看九信，他现在需要休息……"

谢景生声调忽然高拔，是垂死的挣扎："但那天晚上……"

我极简单地回答他："我本来是想去找朱苑的。"

像钉子一样锲进他的脸。

一瞬间两人都有些微的无耻与无赖。

我突然发现，他也老了。剪裁得体的深蓝西装，巧妙地遮掩微凸的小腹，前额站岗的头发，全是从隔壁借来的，神色迷茫里，眼角皱纹全现。而当年他是温和儒雅，戴斯文金丝眼镜的书生，有微笑聆听的侧脸。

岁月繁管急弦，匆匆催我们同时老去。

十几年，怀着绝大的一个秘密，他却始终如长兄般包容待我。

我是如此眷恋珍惜这份回忆，然而是我们两个人的贪欲与自私，共同揭穿了谜底。已经穿帮的魔术还如何演下去呢？

自此，再不能平静相待。

远远看见护士推着药车过来了，我向他略一点头："不好意思，我先进去。九信差不多该醒了。"

而谢景生突然唤："叶青。"

"你还记不记得你以前问过我，在爱你的人与你爱的人之间，该选择什么。现在，我想问一问你。"问得如此幼稚

失态，字字都是胸中焦灼，渴望救回最后的一线天。

我只静静答："我爱的人不肯任由我选择，爱我的人我根本不把他放入选择项，"我犹豫一下，还是决定喊他"谢大哥"，行将落幕的戏也让它演好吧，声音极轻极轻："谢大哥，对不起，但是爱情向来没有选择。"

我就走了。

那段日子，除去请了两个特护之外，我和诺诺轮班照顾九信，陪他的痛，陪他的康复，日日夜夜困守病房，晨昏不辨。

而九信每天均有起色，曾因失血而苍白如纸的脸色渐现红晕，睡着时有安静的脸容，醒来看见我会微笑，手无力地抬一下，轻轻唤我的名字："叶青。"

护士再能干，到底也代替不了妻子，九信的贴身工夫皆是我做，里里外外，成天忙得脚不沾地。太乏了，靠在椅子上打一会盹，朦胧间听得九信低低唤诺诺："给姐姐找毛巾被盖上。"

忽然想要坠泪。

身心两忙，我完全没有时间想她。但是大半个月后，我到护士值班室里去取温在炉子上的汤——护士们皆对九信照顾备至，对我网开一面，因为我封了大量的红包，人手一份，而且数目之大让一位年轻医生悄悄地问我是否弄错，将百元钞票错当成十元。我当然没有弄错。是，我就是被社会学家痛骂的那些姑息养奸的始作俑者，会败坏整个社会风气，导致后患无穷。但是我对社会没有责任，我只对九信有。——一位小护士忽然问我："叶小姐，那个跟你老公一起出车祸送进来的那个女病人，是你们家什么人啊？"

我一愣："怎么？"

"她天天在问你老公的情况，问他怎么样，急得不得了，谁去了都问，搞得我们都烦。现在才好了一点，就闹着要下床，要去看他，急得哭呢……"小护士眼中的神色分明是洞悉真情的了然及窥探的好奇。

我心中一沉，只淡淡道："哎，我老公表妹，今年大学毕业，托我老公找工作呢。现在时间快来不及了，所以急得这样。这孩子就是不懂事，也不看她表哥都什么样了。"她会信吗？谁知道。

午后的医院，寂无人声，院里一片葱茏，花木无序地开着，没有一点生老病死的迹象。除了病人，这儿少有人来，而病人的时间是钟表店里的钟，走与不走都没有区别。所以这里不沾一点人气，看不出一点人世的烦乱和混淆。我在长廊里，抱臂，久久站立。恍恍惚惚的热风一阵阵吹过来，可是长廊里是阴的，不见天日的。

有脚步声，是诺诺。我不回头。

他静静开口："姐，她，你准备怎么办？"

蝉鸣如裂帛。

"我能怎么样？"我苦笑。

诺诺吞吞吐吐地开了口："有一件事，姐姐，这个那个有一件事，""这个""那个"后良久，"姐夫有一次叫我……帮他去看一看她现在怎么样了。"

我蓦地转身，声音尖锐："他叫你？他叫你去？"

见我这样激烈，诺诺脸色大变，双手直摇，洗雪自己："没有没有，我只在门外悄悄看了一下，然后跟护士聊天打听了几句，我没帮他们传话，姐姐，真的没有。"

但我已认真地震惊了，所有风吹草动都是我的委屈。

我待他如此，专注一意，他依赖我温存我贴近我，她却仍在他生命里，像一个热辣辣的吻痕，不肯轻易褪色。

我居然还笑得出，"那我又能怎么样，难道还把她干掉？我又不是杜月笙。"我听得出自己的酸楚。

"但是——可以让她走！"

我淡淡："她怎么肯？"

诺诺的眼光坚定："所以要你让她走。"

我咬唇，低头："是他的事，应该由他来决定。"百感交集，"如果他要她走……我不想干涉。"

"姐——"诺诺大喝一声，"你到这会儿还装什么大方？他要她走？他如果不要她走呢？不要以为姐夫现在对你好就够了，他现在是生病，'好了疮疤忘了痛'不是没根据。谁会记别人的恩记一辈子？男人是经不起诱惑的。"他冷笑，"至少，他曾有一次没有经得起考验……"

"不要说了。"我打断他，急急掩面而逃，仿佛掩的是不能碰触、不肯愈合的伤口。忙乱里，一脚误踏花丛，踩断几截花枝。

自此，步步错。

心与身仿佛都是一所医院，到处埋伏了血、伤害、绝望和背叛，看见九信，笑容却若无其事，仿佛不记取前尘，也不计较后世。窗外隐隐车声人声，恍如隔世。

世界哪里肯放过九信，不过将发生转移个地点罢了。

电话整天不断，秘书小吴全天候守着，公司高层就在病房里开会，各人有各人的意见，开着开着，都忘了这是医院，渐渐就声震屋宇。

我在旁边听他们"红筹股"、"粉红股"讨论得不亦乐乎，大为讶异："粉红股？祖国的改革开放已经到这种程度了，连色情业也可以上市？"

他们先面面相觑，然后哄然大笑。笑浪几乎将房顶都抬起来，九信笑得双肩直耸，一边摇头，突然牵到伤处，"唉呀"一声，痛得弯下腰去，脸色惨白，豆大汗珠溅落。我赶紧过去护持。

小吴下了班，就是我。

为九信接电话；帮他接待川流不息的来客，决定是否

让他们进去；聆听他简捷明了的指示："抛。全抛。立刻。"或者，"我不管你怎么做，这件事必须摆平，人在店在；你人不在，店也要在。"字字皆做金石声。

不知不觉，我渐也沾染他的口气："好，好，我会转告。不行。不行。这里我做主。"

凌晨四点，被电话铃声惊起，那端"HELLO, HELLO"，竟是国际长途。

待九信重又睡下，已是一脸倦容，我很是心疼，不觉口气里多了几分躁意："我们敬爱的周总理也不过日理万机，你怎么搞的，硬像日理一万零一机？你就不能安安心心养个病？你比总理还重要？"

九信苦笑："总理？听听报告签签字，具体的事自有底下人跑腿。我算什么东西，哪些事敢不亲力自为，稍有一点差池就全军覆没了。不拼命怎么行？叶青，你最知道我：除了你，我什么都没有。"

他紧紧一环我的腰。我却心中一时百感。

我最知道他，但为什么，他生命中如此广阔重要的空间，我从来不曾拍门一窥，我连他每天在公司里到底干了些什么都不知道。

商场原来如此：张牙舞爪如蟹横行，又阴柔流动如蛛网四伏，名与利都是深海珍珠，任人拾取，却必得经过唐僧的一百零八劫。

我的男人，原是逐浪的汉子啊。

陪着他，心甘情愿，"身在病房，心系天下"，从早八点晨间新闻开始：全省新闻，全市新闻，经济半小时，世界经济报道，金融大观、股市综述，新闻联播、焦点访谈……一直到十一点的晚间新闻，第一次不觉得是骚扰。

原来粉红股不过是乡镇企业股，与国有企业的红筹股相对应。我说："咦，那应该还有金股：高科技业；银股：金属产业；绿股：农业；蓝股：海洋业……"

九信大笑："你要做总理还得了，把个股市弄得五颜六色的，那我还不如回家，看看老婆衣柜里的花衣服就算了。"

正笑闹，忽听电视上一个男声铿锵："昨日警方采取行动，扫荡了一个地下赌场……"

我漫不经意瞟一眼。

"……近日警方得到准确消息，有境外黑社会渗入我省，在小河市设立地下赌场，严重危害社会治安。昨日警方采取行动，一举查获该赌场，收缴巨额赌资及各类赌具，抓获大量参赌人员。在搜捕过程中，发生枪战，击毙两名主要犯罪嫌疑人……"

电视画面上，大门里满是被警察推拥而出的参赌者，男人大都掩面低头不语，女人则张惶地哭叫着，而霓虹仍在夜色里，一环一环寂寞地开屏，瞬间全熄……

九信问："叶青，你手怎么这么凉？"

我定定心神，站起来："空调太足了吧。"惊呼，"呀，

我昨天回去洗衣服，忘拨洗衣机插头了。诺诺，你照顾姐夫，我赶紧回去一下。"

我拍了半天门，无人应声，信手一推，门竟是虚掩的，我倒不自禁后退一步——朱苑还是小偷？

门里一片幽暗，仿佛大雨将临前的黄昏。我不敢入内，只扬声："朱苑，是你在吗？我是叶青。朱苑。"是投石入深谷，良久，一无回响。

我犹豫地把门稍稍推开了一点，目光曲曲折折，经过小小吧台，博古架，圆几，一个急刹车，丝绒沙发上那一堆旧布似的东西是什么？

朱苑就那样仰躺在沙发上，眼直直地盯着天花板，是空的，只是幽幽的两个洞，深不见底。那盲人一样的眼睛。我怕起来，轻轻唤："朱苑。"

扑过墙边，在桌脚按开了大灯。

一室雪亮，朱苑瞪瞪的双眼却没有一丝变化，颧骨高突，松驰的长裙里，是她瘫痪般软弱的身体。是几日不见，她便瘦了。她过半天，对着空气喃喃："阿季死了。"

我说："我看到电视了。你有没有事？你当时在不在场？"

她低低地说："他死了。"忽然坐起身，抓住我摇撼："他死了呀，阿季死了。"

她全身巨颤，喉头发出一连串稀奇古怪的声音，我以为她马上要嚎啕大哭，却原来是在笑，笑得双肩直抖，笑得不能自抑，掉下泪来，眼中炯炯放光："死得好，真好。"

我慌了，搂住她，不知不觉，学了电视词汇："你要是很难过，你就哭一场吧，哭出来就好了。"

她推开我，冷笑一声："难过？叶青，我昨天去是给他送钱的。"

我"啊"一声，不知是怎样一回事。

朱苑的声音迷惘恍惚，非常吃力，仿佛追记得十分模糊，又仿佛太清晰，历历在眼前，不知该从何说起："他还是，开口向我借钱。我们在东湖边的百鸟林。那天，天气很好，鸟儿啁啾，绿草如茵，他在那时候说，要退出赌场，做一个正正经经的生意，然后和我……只说后悔认识我太晚，没有养成攒钱的习惯，又说吃吃喝喝的朋友太多，能真心相助的太少，他倒不怕受苦，只怕委屈了我。我听着听着，心就一点点往下沉，明知道是个陷阱，还是身不由己要往里跳，我问他要多少钱？"

一口气说下去，朱苑的命好像就维系在这一口气上，来不及地要说完。我非常地不忍，揽她入怀："朱苑，不要想了。"

她自顾说下去："他跟我翻脸。他说他可以去干苦力，可以为钱去杀人，可以……去卖身卖命，就是不能用我的钱。他说我当他是什么。假的呀，都是假的，我知道，可是，我心里疼，从五脏六腑里一起疼出来，一生从来没有

这样疼过。我也跟他着急，吵，说他不把我当自己人，不相信我是真的，然后他说了。"

"他要多少？"我忍不住问。

朱苑呆呆地："一百万。"

"呵——"我吸气的力度那么大，如果当时有只蚊子飞过，一定被我吸进肺里了，"你怎么会有一百万？"

朱苑垂下眼皮，浑身都是黯然："我拿了景生的身份证和户口本，去银行办了密码挂失，把他美元账户上的二万美金，还有我们准备付房屋余款的七万，钻戒也卖了，三万六买的，只卖了两万。"

我听呆了："那你怎么跟景生交代呢？这么大一笔数目。"声音都颤起来。

难道，爱就是明知是火坑也往里跳，明知是俎上鱼肉还含笑将头颅伸向？

朱苑抬起她死一般的眼睛："我没想过，我想，只当我死了。"

我急问："你给到他手里了吗？"

朱苑紧紧伏在我怀里，异样地，感觉到她的心跳，缓慢，沉重，每一记都像一把大锤夯下来。

她充耳不闻，只说："出租车还没到，就看见到处都是警察，司机不敢过去，就停在路边。到处人都说，开枪了开枪了打死人了。我下车走过去，被警察拦住了，我看见他们把阿季抬出来……他死了。"

"他死了。"

没有声音，也没有动作，朱苑静滞若是，可是我的胸前瞬间湿透。她的泪水仿佛穿透我的肌肤，一滴滴坠入心脏，让我痛楚地领悟到那里面所有的咸涩滋味。

为什么，女人的爱总是同样的咸与涩？

人生的道路太艰险困苦，至少我们还可以互通安慰，我说："黑道上混的，不这样死还能怎么样呢，抓到也是坐牢。朱苑，不要伤心了，他还骗你钱……"

朱苑突然抬起头，眼神狂乱如波希米亚女郎："不是，他是为我死的。"

朱苑慢慢绽开笑："如果他还活着，他就是个老千，我就是个凯子。但是他死了，他用他的死换了我以后的安稳日子，是他成全了我。"那样灿烂欢畅的笑容，配着她惨白的脸色，极其诡异邪恶，仿佛生生画了一朵彩云在上面，"他没用过我一分钱，他对我，一直比我对他好多一些。"

朱苑定定看我："我爱他。"

我低声说："是，我相信。但，如果他活着，你也不会嫁给他。"

朱苑也回以同样的低声："可是他死了，我想念他。"

她从我怀里滑下去，又倒在沙发上，眼睛深陷，双颊却火红，脸上的那一份宁静，仿佛是新婚燕尔的少妇，幸福而丰足。

她无比地信任她的男人，他终生，都不会再爱其他的

女人。

朱苑领口歪斜，露出胸上半块青紫，仿佛淤血。定睛细看，竟是半片破碎的蝶翼——原来是纹身贴纸褪剩了的半张，

——蝴蝶静静落在她胸上，仿佛栖息于花瓣，以春衫薄遮，待那男人的手，那男人的眼，那男人的唇，蝴蝶刹那间展翅飞翔。

我问："你现在想怎么样？"

朱苑缓缓摇头："我不知道。"

我想了很久，慢慢地问："谢景生知不知道？你有没有跟他提起过？"

朱苑低声："我本来想，给了阿季钱，然后就走，他自然就知道。"

我哗地站起："那就是说，他不知道了？钱呢？你存回银行了没有？钻戒卖哪里去了，赎不赎得回来？"

我连问几遍，她才摇摇头。

我用力拉她起来："快，小区里边就有一家农行，只五分钟就办完了，趁谢景生还没回来。女人一辈子，哪有什么错事都不做的，不要紧的，只要他不知道就行了。"

我一松手，朱苑又倒回去："随他知不知道吧。"

根本与我不相干，却莫名地，觉得生死攸关："你钱放哪里？"她如活死人一般，我便胡乱找，拎起她的皮包：一大包，废报纸随便一扎，露出美金的暗绿，纸一样贱："你相不相信我？你要相信我，我帮你存。"她无可无不可地点个头，我也不管是笔巨款了，往皮包里哗地一塞。

仍觉不妥，又问朱苑："他有没有给你写过信，送过东西，在哪里？"

她行尸走肉般抬手："酒柜最下一个抽屉里，钥匙在花瓶里。"

一打开抽屉，馥香扑鼻，一时也无法辨清来源：到底是来自晶莹的香水瓶，还是玫瑰柔粉的信笺，甚至是银相框里阿季的明朗笑容。我一眼看见吧台上搁着打火机。

背后的朱苑发出了一声哀鸣，我回头，她正跌跌撞撞爬起来，双手向前张着，仿佛是想扑过来阻拦，却又颓然坐倒，哀哀哭泣。腕上手链动荡起来，彩光隐隐，原来缀满了红蓝宝石蝴蝶。

我想也不想，上去就摘，但是朱苑尖叫了一声，双手用力合抱在胸前，声音嘶哑："只有这一件了，只有这一件了。"

她的眼光，她的神情。

——她是蝴蝶，还是他是？抑或他们都是？朱苑与阿季的这一段时光，仿佛是坟头訇然开裂，让情人化为蝴蝶，如此七彩绚目，却又盲目绝望，在春日暖阳里相遇，相伴，相逐，蹁跹起舞，然而夏天阳光匆匆坠落，最是秋风管闲事，红遍枫叶白人头，哪有蝴蝶还能飞在凋零与冷寂里呢？而朱苑知不知道呢，所有的蝴蝶都是色盲。

　　我缓缓缩回手："这是我去年去新马泰旅游时买的，我带不合适，送给你了。"

　　其余的都在垃圾袋里了。我正要出门，朱苑突然喊住我："叶青，你听我说。"

　　"我有一次跟阿季说，老这么偷偷摸摸的真没劲，不如我们私奔吧。他说，好啊好啊。他去过一个叫榆林的地方，旁边便是毛乌素大沙漠，可是它的水非常清凉沁人，池塘开满荷花，大米柔软香甜，夜里听得见沙漠里的风。我会是世上最美丽的沙漠新娘，他骑着马、赶着羊群来迎娶。我说：可我到哪里去买衣服呢？要不还是去美国吧。美国多好，高楼大厦，到处都是机会，我们先在唐人街洗碗，攒了钱，你开店，我读书，等成了大款还可以衣锦荣归。他说：他坐过牢的，出不去。偷渡的话，他又不会游泳。然后我们就都笑了，都只知道只能是句玩笑话。"

　　"可是叶青，当他说到榆林的时候，当他说要骑着马、赶着羊群来迎娶我的时候，多多少少是有一点认真的吧？"

　　——他是永远的浪子，他的心便是浩瀚沙漠，风沙不肯止息，暴戾呼啸，却在某一个角落里藏了一座桃源般的小城，大米香甜，女子美丽，天长地久仿佛真是一桩可以想象、可以预期的事。

　　他到底有没有想过要停留呢？

　　我还是没有回答。

　　正欲推门，门开了：谢景生。

　　见到我，他非常讶异："叶青。"眼光闪烁，惊疑不定，瞬间已然设防："你怎么来了？"转头看见朱苑，吃了一惊，"朱苑，你怎么了，不舒服？脸色这么差。"

　　我急忙解围："她感冒了，不大舒服，我刚陪她坐了一会，现在好多了。"回头向朱苑，"朱苑，多喝水，多休息就好了。"

　　谢景生左右嗅嗅："什么味道？厨房煮什么了吗？"

　　我顺口："我刚刚抽了几枝烟。"

　　谢景生眼睛都瞪大了："叶青，你抽烟？"上下打量我。

　　我不欲跟他多纠缠，笑一笑，拎起垃圾袋："谢大哥，我该回去了，以后再聊。"匆匆而去，还觉得谢景生狐疑的眼光追着我的背影。

　　一路不时频频回首，走出小区大门很远，才把垃圾袋扔掉。袋子很轻，可是抛出的那一瞬间，仿佛扔的是杀人碎尸案的最后一块尸身，整个人便是"如释重负"的化身、图解、具象。松口大气。

　　垃圾袋都一模一样，里面，又藏了多少不为人知，不能保留的心事与秘密呢？进了焚化炉，也便都一样了。

　　九信抬头看看钟："又逛街去了吧？洗衣机插头拨了没？"

　　我这下突然想起来了，昨天洗衣机插头真的没有拨，紧急呼叫；"快快快，诺诺，赶紧回去拨插头。"急得团团

转，又打一下九信，喝道："不许笑。"——真是百忙之中。

第二天早上被铃声惊醒时，天光尚是蒙蒙，我睡眼惺松地接起："喂。"

"叶青!"一声大吼。

"哪一位呀?"我哈欠连连，怕吵了九信，一手持了电话，边向外走。

"你昨天跟朱苑说了什么? 你说了什么?"谢景生语无伦次，声音里全是疯魔，震耳欲聋。

我睡意全无。难道朱苑还是向他坦白了?

我百般运筹措词： "其实没有什么的，朱苑一时糊涂……"

谢景生哈哈大笑起来："她糊涂，你可精明。叶青，我到底什么地方对不起你，你要这样害我?"几乎是怨愤的。

我害他? 从何说起? "朱苑到底怎么了?"

"她割腕了。"

轰一声，电话自我掌中摔在地上。

她真的追随他，做一只没有明天的蝴蝶?

我愣了半响，忽然不顾一切往回冲。"嘭"一声推开病房的门，九信被我惊醒，吓了一大跳地抬起头来。我久久地傻在门口，涔涔落下泪来。

九信挣扎着想要坐起："叶青，怎么了，谁的电话? 是爸妈吗? 出什么事了?"

我颤抖地扑上去，握住他的手：如此宽大有力，仿佛阳光："九信，九信，你不可以做伤害我的事。"含混得，我自己也听不清。

刹时间，如醍醐灌顶，我决定一切：防患于未然，从此终生，不会再给这男人任何机会。

我考虑转院。彻底地分开，由身至心。

医生答得干脆："还不容易，往担架上一放，想去多远都可以。"

我赶紧问："可是他的腿……他不会痛苦吧？"

他漫不经心："像他这样的病人搬上搬下，哪有不痛苦的？"看我一眼，稍稍改口："不过可以先给他打一针麻醉。"犹豫一下，"你别以为我们是为了赚你的住院费啊。他现在是康复期，应该以静养为主，何苦来兴师动众这里那里地跑，又不是长征时代带着担架两万五千里。你有什么理由非要转院吗？"

我仓促地笑，"啊啊"两声。

不是不想一劳永逸的，可是妈的，我用力咬咬下唇，我竟没法不投鼠忌器。

我重又在医院广发红包，仍旧丰厚，唯一的、小小的要求：不要告诉任何人——尤其是她——九信的情况，实在问紧了，就说九信病势沉重，生死未卜，——没错啊，谁能卜自己的生死？当然更不能让她来看九信。

　　她的反应起初是坚决的不信，但是人人如此说，她终究不得不信，痛哭流涕，甚至多次趁人不备，拖着一条打了石膏的腿，艰难地下床来找九信，多半走不了几步，就被护士们吼回去。只有一次，她居然一路摸到了病房门口，被诺诺挡住。

　　对美丽的女子，诺诺像与他同年的所有男孩一样，温柔而耐心——却又多了一份自己的坚持。把她一路送回自己的病房，又陪她坐了许久，叫她不要哭，为她擦泪，真心地心疼她，安抚她，劝慰她，可是，绝对不答应她和九信见面。——柔情经典兼一夫当关万夫难开，诺诺实在是个人物。

　　诺诺后来对我形容她的哭诉及乞求。

　　我不为所动。

　　不是你死，就是我亡。战争从来没有第二种面目。

　　她终于放弃了。日日夜夜，她切切哭泣，幽咽无声，整个人迅速地苍白憔悴，有护士告诉我，每天早上，她枕上密密如草的落发。连眼泪也是要精力的，她想是精疲力尽，最后只是麻木地靠坐在床头，神色恍惚，脸上的哀伤静滞如死水。

　　我隐身幕后，看她一招一招地输掉，甚至不知道输给谁。仿佛我当初，看着我的疆土一分一分地失去，甚至不知道是落入谁的手中。

　　我想我是恨她的——因为我不能恨九信。

猫捉老鼠的游戏，不单是老鼠在心惊肉跳，猫也是。一点点，最微小的错误就会使一切付诸东流。

我非常疲倦。九信恢复良好，但是天气大热，此地最著名的高温咄咄而来，蒸蒸逼人。这种热，可以连续40天天天40℃，甚至容不下一把长发的累赘，不得不一剪了断，遑论其他。医生告诉我：她已接近全愈，可以出院。

八月酷暑，病房里却永远是弥漫着药水气息的秋。她看到我，一惊，不能掩饰的敌意和慌乱："你来干什么？"

我示意诺诺出去，然后在床前坐下。

她穿着病人的宽袍大袖，荏弱苍白而且惊恐，却仍有着细致眉眼和娟静肤色，婉丽有如夜晚的一抹月光，他们说，她是秭归人，昭君的故乡。

传说昭君曾经浣纱，在一条名叫香溪的清澈河流，因而生生世世河畔留下她的美丽与芳香，流动在后世无数溪边的少女身上。那样的，可以撼动一个国家的美丽，什么人可以拒绝？

我在刹时间想起了另一个女子，另一个，我只在照片上见过的女子。

我沉吟不语。

她很焦灼，声音颤抖："问怎么样？他没事吧。"

她叫他"问"。

我取出早已准备好的支票，摊开让她看清上面的数额，

然后放在她眼前。

她怔怔看我："这是什么意思？"

我淡淡道："要你离开，离开这个城市。最好，永远不要回来。"

"为什么？"她整个身子弹起，如受惊的鹿。

"因为九信快死了。"我不动声色地说，"他一生，都是好儿子，好公民，好男人，好丈夫，我不希望有你的存在，让他死后还要被人指指点点。我爱他，我要维护他一生的清誉，所以你必须走。"

她的脸在刹那间惨白。无论多少人告诉她九信伤势危重，她总是心存侥幸，然而连我都这么说。她在顷刻间，信到不能再信，绝望到死心塌地，眼圈马上红了起来："不，我要陪他到最后。我不走。"

我答："他，有我陪。你不能不走。你的医药费是我付的，我已与医院结账，你马上会收到出院通知单；另外，九信为你租的房子，我已退租；还有，他为你找的工作我也帮你辞了。"

她完全傻住，半晌不置信地看我，嗫嚅道："你为什么，这么赶尽杀绝？"

我反问："你说呢？"

你说呢？

她不说，只是头，一点一点地低下去。

我放缓声音："走吧。你还年轻，回到自己家里，养足精神再到别的地方去打天下。你留在这里，误人误己。"

她霍地抬头，满脸的破釜沉舟："如果我不走，你又能怎么样？"

"说的好。"我喝采，"我正想问你：如果你不走，你又能怎么样？没有栖身之所，没有职业，没有钱，没有亲人，你不过是附在树上的一根藤，树都倒了，你还要靠谁？"我冷笑，"你以为，你留下来，还能得到什么，还有什么理由？"

我将自己的不屑清清楚楚写在脸上，给她看。

泪水在她眼眶中打转，她生生地忍下去。久久，她艰涩地说："因为，因为，我怀了问的孩子。"

——什么？五雷轰顶。然而我很快冷静下来："去做掉。"

她双手立时护紧了腹部，绝望有如面对枪口的母兽："我不能。问如果去了，这将是他唯一的孩子，我要为问家留一条根。"

我沉静地说："我也怀孕了。"

——我在说谎。

她僵住，身体像中弹一般向后倒去："不可能！怎么会？怎么可能？"她失声。

"怎么不可能？我是他太太。他对你说过些什么，让你那么相信他？"我邪邪地笑。

那一瞬间，我看见轰轰烈烈地，她眼中有一处堂奥，

垮成遍地瓦砾。在刹那间，她不再相信九信，而且开始怀疑自己值与不值。

我将手放在自己腹部："这个孩子，才是问九信唯一的孩子，是问家的根。至于你的……"我冷笑，"如果九信活着，孩子是你最好的利器，你的筹码，会让你得到一切。然而一个人死了便化为灰烬，你怎么证明他是你孩子的父亲？你的孩子，永远没有资格在他坟前上一束花，永远不能叫他一声父亲，永远不能在各种表格里填上他的名字。当然更别想，得到他的一分钱。"我听见我的声音，一字一字刀锋一样地说着。

发现自己人财两空，所有的付出都是白费，还惹了一身臊，这个女人会有怎样的反应呢？

失魂落魄，万念俱灰？抑或破口大骂，恶狠狠地威胁我，仍然想方设法得到一份残羹？或者，被教养钳制住，虽然心中惊涛骇浪，却只能无可奈何？

这种种目睹皆不是不刺激的。我屏息以待，以残忍的快感。

然而她哭了。

并非嚎啕，只是一滴，一滴，晶亮如珠，飞溅在她的病号服上，瞬间被吸收，只留下暗暗的一圆痕迹。爱情的痕迹，生命的痕迹。伴以小小的呜咽声。

仿佛钟摆的点点滴滴，诉说着夜的黑。

我至为震惊。

她，对他竟真有爱。

更为恼怒与心酸。爱九信，理应是我的特权，而她侵占了，故而我恨她，并非嫉妒——九信不曾将心交给她。他曾经交给过我吗？有过吧？十七年的日子那样长。我并不知道我是不是在自欺欺人。

她吞声良久，方始抬起为泪濡湿的额发："他，真的会死吗？"

眼神满是绝望与祈求。

我心乱如麻。这个女子，如温静的大学女生，直直黑发，对命运一无所知，对爱情充满等待，仿如我的从前。固执地爱，固执地不明所以，自己的身家性命已完全落入人手，也不知她是懵然无知，抑或是真的置生死于度外，此时此刻，还在关注别人的丈夫："他，真的会死吗？"

眼神里的祈求。

室内是大而无当的空与静。我没有回答。

只微微欠身，从皮包里取出笔，将支票翻面，背书。再翻回正面，稍一迟疑，欲在尾数加0，想一想，还是将支票对折，然后，递过去。

她悸动，不肯伸手。

我并不坚持，将支票静静搁下。起身而去。

一如即往地陪侍在九信身边。在他睡去的时候，用食指细细划他的眼眉，他的鼻，轻轻点在他面颊上，他突然

醒了。我的指尖突地一沉，酒涡如泉眼般深深绽开，他的笑，明朗暖和。他低低问："叶青，如果我以后一条腿长一条腿短，你怎么办？"

我笑，指尖稍稍用力："傻呀。"

他也笑了，轻轻唤我："叶青，叶青。"一声又一声。

不知道他想喊的是不是另一个人？

那个人，已经走了，还是收下了支票。是诺诺送她上的飞机。在机场又哭了，伏在诺诺的肩上，泣不成声，诺诺只好哄着她，半抱半拖地将她弄上飞机——弄得同行的旅客皆以为是生离的情侣，好心相劝："两情若在长久时，又岂在朝朝暮暮。"没想到她"哇"一声大哭起来。

诺诺说到此，声音不由得略低，眼中一闪，是一抹不易为人知的忧伤和怜恤之情，似水流动，他整个人在刹那间温柔——连对她，同仇敌忾的敌人亦会动情。我纳罕。又好笑。

这小子，处处留情，处处不经意，峭薄的嘴唇，恒常似笑非笑的表情，英俊夺人的脸孔，分明天生是女人杀手——不知待他长成，会有一个什么样的女人遇上他，交付以终身，换一生的日日心惊肉跳，夜夜不能安眠。

我逗他："早知你舍不得，应该介绍给你。"

诺诺笑："我怎么敢？姐夫的女人……"立刻变色，嗫声不敢再说。

我倒不以为意。走都走了，还能怎样？稍有自尊就不会回来。就算回来也不要紧，九信会一世记得她在他最需要的时候离他远去，就像他一世记得他父亲在他们母子最需要时的绝裾。也许她会哭诉："我不想走啊，是你老婆拿钱逼我……"九信只有更恨，不过区区十万元，难道他只值若许？

我从此不提起她，只当一切都没发生过，只当我什么都不知道。

朱苑的事也了了。

是个淡淡的下午，她亦只淡淡答我："上次感冒没注意，不小心转成肺炎了。"

我亦只好答："这鬼天气，这么热，空调吹久了，都得了空调综合征。"

——情与爱，无非一场空调综合征。

然后相对无言。

谢景生远远地坐在床边，面如玄铁，一言不发——我猜，他已经知道一些什么了。

朱苑软弱地半靠在床背上，闭目养神。我也只好枯坐，强笑一笑，扯几句闲话，都无人回应。

有手机响，谢景生冷冷起身，走到门外去接电话。

我借机坐近朱苑身边。提起朱苑的小皮包，把存折丢进去，说了密码。朱苑始终淡淡的，不多说什么。

该走了。我却嗅到一股油泥味道，抬头看见，朱苑的

头发像卖虾的摊位附近，一地虾爪纠结挣扎蠕动，不知多少天没洗了。

而在阳光下的红色雪铁龙里，她的长发曾飞舞如蝶。

之所以会成为蝴蝶，只因为年轻与易惑吧？朱苑已在一夜间老了十年。

我在自己皮包里翻出了梳子，轻轻挽起她的发。只梳了一下，掌心便如下了一场黑雨，满是柔软颓败的黑发。我缓缓团成拳，不能多看一眼。

——顷刻间，我却想起了她。

头发便是女人的爱与灵魂吧，是我们身体上最缠绵却又最易受伤的成分，也是最早地，离我们而去。新的、重又生长的黑发，不再有原来的记忆。

我看着朱苑清瘦而疲惫的脸，忽然觉得十分惨伤：她为什么不再跟我说话了呢？也许，她是后悔对我说得太多了。

然而曾有一度，我以为我可以和她做朋友，人与人之间忽然拉到极近极近。

就像与谢景生……

或者九信……

我低声说："朱苑，我不会跟人家说的，即使是九信。你相信我。"

我站起身。"叶青，"朱苑终于开了口，她轻轻唤我，"你为什么对我这么好？"

我怔一下，答："大家都是女人。"

——都曾经面临诱惑，都曾在微妙瞬间，险些万劫不复。

朱苑不再说话，却突然掉过脸去，紧闭的双眸涌出大量的泪。

我急急出门。

回到病房，恰好杜先生来看九信。

早知道他与九信已经拆伙，倒没想到他会沦落至此。西装仍是名牌，却穿成搞装修的民工，扑扑落满灰，前额的头发又有一大部分抛弃了他，肚子倒小了一号。

我问："阿霞呢？"

九信咳嗽一声。

杜先生倒仿佛不大以为意，嘿嘿笑几声："早就离了。"苦笑，"这回，阿霞捡了个便宜。"

——倒是她捡了便宜？

我笑："杜先生，你跟阿霞夫妻一场，就算给她一点又算什么。你杜先生大进大出一个人，难道这点钱也想不开？"

杜先生只搔着头皮笑得尴尬。九信早在我后面连声："叶青叶青，刚刚诺诺找你，不知什么事，你过去看一下。"

等杜先生走了，他才嗔我："情况不明，你免开尊口好不好，尽乱说话。"

　　杜先生锅里一个，碗里一个的，倒也不是一朝一夕，阿霞再恨得牙痒，也无计可施。没想到杜先生心还不足，又弄出一个第四者来。

　　商场上没有永恒的敌人，情场也是，杜先生只管春风得意，这边一妻一妾便联合起来。某个月黑风高夜，早已埋伏好的两个女人冲进门去，"咔咔咔"镁光灯闪烁，刹时间，杜先生的写真集问世。然后洗印数百张，广为散发。

　　我大笑。

　　九信正色："是真的。我也收到一张。"

　　吃一惊，左右一瞄，迅速丢在垃圾桶。然后想起秘书小吴送信进来时的古怪表情。明明与己无关，却也不自觉，面红耳热。

　　两女各据把柄，与杜先生谈判，杜先生反正死猪不怕开水烫，寸步不让。终于在一次会议中，两女冲进来，先啪啪给他几个嘴巴，然后一个扑过去，连抓连挠，另一个拽着他裤子就使劲往下扯。

　　我问："裤子啊?"

　　九信说："裤子。"

　　斯时在场所有人皆面面相觑。不劝似乎不好，劝，谁敢招惹这两只母老虎。眼看杜先生就要当场上演三级片，当此千钧一发之际，会议室的长桌很适时地倒了下来……

　　至此，杜先生一败涂地，全面投降。

　　我已经快笑得昏过去了。

九信摇头，慨叹："老杜也是做得太过了。其实他外头那个，儿子都给他生了，要不是实在灰心，不至于下这种狠手。儿子还抱到办公室来过……"

忽然看我一眼，有点踯躅："叶青，其实早想告诉你的。那条短裤，就是老杜的儿子，坐在我腿上，一泡尿下去，内裤外裤全部完蛋，才叫小吴帮我买的，叶青……"

我不爱听，一句话给他截回去："什么短裤，我都忘了。"

此刻提起，还有什么可以被他证明？

九信亦相机，转移话题："哎，朱苑怎么回事？"

我答："肺炎。"

"肺炎？"九信嗤笑，"干嘛不直接说是肺癌，还更骗取同情一些？"

我一震，他笑："前些日子，朱苑跟那辆红色雪铁龙，也太放肆了。除了谢景生，还有谁不知道——这早晚，只怕他也知道了。"

原来我说不说都已不重要。我却还是问："你觉得谢景生会离婚吗？"

"不会。"九信答得十分简单干脆。"谢景生丢不起这个脸：四十几岁，第一次结婚，才一年就离婚，人家不会说朱苑什么，顶多只说她聪明有心计，可是会笑谢景生，白白给人家当了跳板，还会说他，"看我一眼，"无能。"

"那怎么办呢？"我问。

九信奇怪地看我："还不就那么过下去，多少夫妻都是这么凑合的。"

发酸的爱情比发酸的牛奶更加不堪，却还得面不改色喝下去，硬当它是一杯味美的酸奶？

而我们原来并不曾有其他的机会。

九信自言自语："不过，谢景生估计也干净不到哪里去……"

不知何以，我竟觉得他的眼光若有若无，落在我身上。

我笑一笑："哦，男人都这样？"

灼灼看他。

九信果然有点讪讪地，掉开眼睛。

我们终于沦落至平常夫妻。津津乐道的，全是别人家的是非短长，来证明自己的幸福与恩爱。却又不得不，以别人的故事掩盖自己的心事，来试探，追索，痛楚。

"叶青。"九信突然唤我，"你记不记得，我母亲去世前，说过的最后一句话。她叫我，什么事都可以做，就是不可以做伤害女人的事。"

我过了许久，才悟过来，他并非忏悔，而是承诺。

他是在向我承诺，他不会离弃我。

也许，对于一个男人来说，一个女人的徘徊、流泪、极深的夜，都算不得伤害。

而斯时斯世，是否连这般注水的承诺，也是珍稀不可得的？

我没有回答他。

我天天煨排骨汤给九信喝。煨汤乃本地风味，家家皆有秘传，是病人或孕妇必喝的经典补品。我打越洋长途电话向母亲问明大概，细节无从求教，只好自己乱试，在汤里放香菇、粉丝、土豆、黄豆，甚至虾米、海带、紫菜、猪血、鸭脚，千变万化。

九信每次都惊呼："你这做的是什么东西？"喝一口道："可惜了这么好的排骨。"再喝一口又道："可惜了这么好的藕。"但是每次都喝得涓滴不剩。

我只依门，笑吟吟地看他。他喝完了，抬头。两人相视而笑。

仿佛情深爱笃。

此时绷带已拆，九信坚持要下床，腿好似已不是他的，站在地上摇摇欲坠，我赶紧搀住他。

重学走路。大男人重温婴儿时分，跌跌撞撞，随时会扑跌，但是不比那时一个肉团，摔下来也不打紧，爬起来就是，顶多哭几声。三十岁的男人，顶天立地的高度，一身傲脆的骨，步步青云的时候，从云端直堕至冰冷的石板地，便是一败涂地，永无翻身之日。我全力扶持他，小心翼翼，如履薄冰。

稍好，他即要求出院，我也只得由他。

九信是倔强的男人，为自己订下每天的运动量，且日日加码，外加一摊子公司事务，每晚回家累得倒在床上。医生亦说他恢复极快，然他总不满意，时常见他凝视着自己的腿，脸色凝重，一只手用力在腿上揉搓，终于焦躁得用拳头猛捶。我阻止他，他便对我大怒。

我百般忍耐。

因那刻他脸上的彷徨与无助，是我所熟悉的。当我与他初识，那年，他十五，我十三。

等他怒气过后，我已洗净浴缸，放好热水，注入沐浴液，招呼他洗澡。

我为他擦身，为他擦拭身体的每一处。

他的身体，一寸一寸，从我手底经过。掌心贴近他的肌肤，缓缓掠过，好像是一步步踏勘丈量国界——是我的，都是我的。有些地方，格外敏感，我多用几分力，耳畔他的呼吸越发急促，眼神心猿意马。

"春寒赐浴华清池，温泉水暖洗凝脂；侍儿扶起娇无力，始是新承恩泽时。"——爱情总是从洗浴开始。

在最隐秘处，百般撩拨，仅用小指尖。装着无意触及，若有若无，一触即走——又马上回来。

如雀般惊起。

总是在最后的瞬间挣脱，推开浴室门逃进房内，又逃向阳台，听见他在背后情急地喊我，最后索性破口大骂，却只能压着声音，不敢造次——毕竟诺诺在。

我依在阳台上看天，微喘。天空一蓝如洗，干干净净的单纯明丽，一望见底的那一种，容不下任何不在阳光下的事物，有如当初的我。

当初的我，不会做这一类事。

甚至根本不许他开灯。

结婚的时候想得很简单，只是一同生活罢了，虽然知道还有些别的，也只是知道。我们是同学中第一对结婚的，洞房花烛夜变成校友会，大家齐齐唱卡拉 OK，提旧事，说笑话，欢呼雀跃，比大学时禁忌少而成熟得多，因而无比亲密——还因此成全了另外两对。我亦和大家一起乐，完全忘了自己是新娘。然而十二点的钟一敲，立时有人惊呼："吉时到了。"三分钟之内走得干干净净，只留了我们。

华灯齐闭，刹那间从一室春风至极深的黑，九信不是陌生人，但是凌空压下的他的身体是。他滚烫的呼吸烤我的面颊，手指笨拙地解我的衣，我紧张且害怕，多年固守的城池一朝陷落。

他进入我，年轻拙笨的身体紧紧压在我身上，令我动弹不得，只有随他摆布。他亦没有经验，两人久久不能相悦。翻云覆雨时掀起的风，让我一颗颗起鸡皮疙瘩；还有痛楚，血，以及下部汩汩的流津，我颤栗——他却益发兴奋。

自然不曾提起，在他有欲求的时候也一直顺应。我想是身体的自然流露，尤其是在裸裎相对的时候，瞒不了人。

除了心灵，身体当然也会寂寞，所以难以抗拒诱惑。

我也有错。

我伏在阳台栏杆上良久，直到天空转成暧昧的微暗。

终有一次没逃脱。

他大力拖我入水，溅起巨大的水花，我没头没脑跌进，只觉深如大海。

情欲深如大海。

他在瞬间扑向我，焦渴如将死的鱼。我们紧紧相拥，翻江倒海，是两条活生生的龙，水声四溅，有如惊涛骇浪，席卷我们。挣扎，缠绕，我奋力咬他。

但只十余分钟后，他便颓然滑下，满脸的不甘——是他接过的腿骨不能支撑。他脸上的挫败。

我折身将他按入水中，极轻——他的身体软滑如鱼，然后慢慢俯身。

引导他，接受全然不熟悉的人生姿态，适应不得不的仰视，而仍然保持自己的力量和生命规划，耐心而从容——第一次是主导者。

相继到达高潮。

安静互拥，世界化成一片呼吸声，在小小的卫生间里波光激艳——从没有过的贴身贴心。

此后便总是如此：由他开端，声势逼人，一泄千里，发射全部的欲望和精力，如火如荼；然后由我，沉静地收尾，柔顺如水。极其默契。

他仿佛初识我的身体，惊喜无尽，欲望难耐。但是我常常走神，不明白此刻与他交缠的人是不是我？或者是不是我到底重不重要？

我怀孕了。

试纸上浅浅的一道红线。

我想要儿子。

想要一个男孩，有与他一模一样的冷峻眼神和自尊表情，笑起来也有与他一模一样的甜蜜酒窝，高大英挺，沉默茁壮。但是是我的，孕育自我的身体，是我身上掉下来的一块肉，完完全全地属于我。

要一个完完全全属于我的男人。

要生命中不能动摇的地位。

要在任何情况下都不能解脱的紧密关系。

我不敢想象如果生了女儿该怎么办，也许会抱着她痛哭一场。

再爱又如何呢？再呵护又如何呢？女人完全不能自主自己，无论是身体还是命运，谁能保证一个女人的幸福呢？

其实还早得很。但是我已经买了许多孕妇装，想象自己腆腹而出的样子。医生说胎儿将是 A 型或 B 型，不是他也不是我，是我们生命的交汇，血肉交融，我和九信将在我们共同的孩子身上，永远结为一体。

我告诉九信。他愣住，忽地抓住我问："真的，是真的？叶青，你不会是开玩笑吧？"

他几时这样失控过？

喜不自胜。

万般宠爱，仿佛我是他的新欢。

再不应酬，下班准时回来——他以前总说应酬无法推掉。回家第一句话就是："怎么样？"听我说一切都好才松一口气。为我买种种离奇古怪的食物，从来不与我起争执，怕辐射晚上禁止我看电视，为了让我打发时间也为了胎教，大雨天气满城寻觅我最爱的叶圣陶翻译的《安徒生童话》：一套十六本，淡绿色封面，有清简的线绘插图。我最后一次看到街上有售，似乎还是高中的事。

然而九信还是买到了，簇新。

这个男人早已是手眼通天。

夜已深，他忽然用力抱住我，扳得我翻身，贴近我的腹部，细细聆听，呼吸焚如烈火："我们马上就是三口之家了，是不是？"

我温声说："是。"抱紧他，在黑暗中他的身体竟微微震颤。

很快，七个半月之后，我们将有一个完整正常的三口之家，如同在这城市里，任意敲开一扇门后会有的一样。

而在他的童年时代，尚不流行"单亲家庭"的说法，他是不名誉的私生子，人群之外的异类，一直一直，在陷落的边缘，摇摆不定。我与孩子，将是他生命中的牵绊，为他的人生定位。他只要一个三口之家罢了，除了我，还有谁可以给他？

益发觉得腹中胎儿的珍贵。

想给他一个好名字。

问天？问地？问乾坤？问心？问情？问未来？

深觉"问"这个姓不好，起出来的每个名字都是对生命的悬疑不定。我宁愿儿子简单糊涂，从不追问，做一个庸庸多福的人。

我对九信说："你的姓真难起名字，不如随我。"

九信"唔？"一声，不说好也不说不好。

他只是不愿跟我起冲突罢了，他怎么会答应。

没有一个父亲的姓氏可以跟随，是他一生中最大的隐痛，对他有太多不能言表的背后意义。时至今日，岂肯放弃机会？

多半早就起好了名字，此刻且由得我乱想，等到报户口的时候，不声不响先斩后奏，我还能如何？

我还是起了许多"叶"的名字。

叶长青？叶荫？叶向阳？叶生生？叶欣？叶之果？

竟然更没有好的名字。才恍然知道，叶，是这样一种卑微的事物，默默地在花的周围，吸收氧气，运收养料，劳苦功高，鞠躬尽瘁，死都不能后已，还要化作春泥更护花。然而无人知道，无人记得，甚至以为叶的存在，只为

了衬托花。

就好像我的存在，只是为了给问九信相夫教子。

我为之彷徨良久。

没想到这个问题解决得异常简单。

九信的父亲来了。

九信出事的时候他没有来，因为是焦点所在，他又不便曝光。年纪大了，当年的知情识趣，鞍前马后，为他出生入死，加之守口如瓶的身边人，早就也是别人的领导了。自从退了下来，身份倍跌，没人愿意跟他，后来给他派的一个，是酒糊涂，逢酒必喝，一喝必醉，一醉就忘了上下尊卑，忘了自己的身份。想甩掉他，那人还要求给他解决一系列问题：级别、职位、房子、老婆单位……简直成了附骨之疽。

那几日，他愁作困城，焦头烂额。只是偶尔打来电话，断断续续的，不知是因为手机的缘故或是有人来了他慌忙关机。

听九信说，他还每天去办公室坐呢。多少新进的领导没有办公室，都对他这间虎视眈眈，他偏稳如泰山——一把手还是他一手提起来的，你们欲待如何？

而且至今不敢与九信相认。

每次来，皆鬼鬼祟祟，像这次，没有坐自己的车来，而是在街头搭的公车。长期小车出小车入，根本不知道公车都已改成一票制，无人售票，一元到底。他身上没有小钞，一张百元大钞要司机找，司机估计是看他年老，有心欺负——对知道他官阶的人来说，他是王上王，对不知道的人来说，他算个屁呢——不肯。他也无计可施，只得认了。

他自己光会说："太不像话了。""还是社会主义社会呢。""你有没有一点年轻人的样子。"

他是当笑话讲给我们听的——我们是他的儿子儿媳，不必避讳。

我只觉心酸。

要是我，早与儿子相认。撤职？退了的人，根本无职可撤。降级？三十年前的事了，就算是法律也过了追诉期了。而且如他年纪的领导，光我们所知名的，谁不是三妻四妾的——当然不是同时。

可是要真是我，在他的地位呆了三十年，三十年来，享尽荣华富贵，习惯了万人敬仰，永远戴着假面具做人。在官场的斗争里是最滑的老狐狸，最臭最硬的砖，我真的还会这样做吗？难道不怕一人一口唾沫就把我淹死。

所以我也只能叫他"陈书记。"而他叫我"小叶"，问我工作好吗？身体好吗？然后意味深长地教育我，要如何如何。

十足像我们单位的党支部书记。

随即与儿子共谈天下大事。很久，简直让人错觉他就

是为此而来，但是他终于转向我，难得地吞吞吐吐："小叶，听说，你……有了？"

我一怔，忙答："是。"

听谁说？当然不是九信。

或许我没有切肤之痛，所以我对他父亲始终没有恶感，总是父子一场，而且九信现在拥有的一切，从生命到地位到财富，哪一桩不是他给的。然而九信并不这么想，他父亲所给他的一切，都是父亲终生相欠，不过还本付息，另外还有最大的王牌——他是他唯一的儿子，而且血液中并无不良遗传因子，陈氏血脉将由九信沿续。

而他的父亲也就这样接受了，连儿媳怀孕都要经过不相干的人才能知道。

咦，我竟忘了，我腹中胎儿其实该姓陈。

果然他提出。

九信冷笑："你要他跟你的姓，凭什么呢？有什么理由呢？明明是姓问的父亲和姓叶的母亲生的。"

他很着急，语无伦次："九信，我知道是我对不起你。但是你其实也是陈家的后人，我年纪也大了，"他惨伤地低头，"我这一生，再也不会有别的人叫我一声爷爷了。"

一头白发苍苍。触目惊心。

我暗暗拉九信衣角，他拂开。

"那么如何解释呢？向无关的人。怎么让大家相信这个孩子无端地姓了你的姓，而居然跟你一无关系？本来就人言纷纷的。你要真能不理这些口舌，我早就不会姓问。"九信又冷笑。

"可以说是过继给陈家，由我认为义孙。"老先生竟说得胸有成竹。

连我亦啼笑皆非。这种异想天开的主意。或许他真是老糊涂了。

"也只是他们说几句闲话，又有谁敢当面说。再说，其实很多人早就知道了，我不在乎了。"

九信脸色凝重，起身为他杯中续水，然后站得笔直，开口叫一声"爸"："可是我在乎。不错，是很多人知道，但是没有真凭实据，母亲已经去世，你不承认，我不承认，任何人都无可奈何。但是如果这个孩子姓陈，就是送了把柄给人抓，坐实了我们之间的关系。既是父子，以后种种，都是无私有弊，浑身是嘴都说不清。其实姓什么都不重要，反正你知道他是你孙子就行。"

我大惊。

原来是这样。不是他父亲，是九信。

他要他父亲在政治、经济、人际关系等等一切上的援手，他要父亲做他的大靠山，却连嫌疑都要避得干干净净。巧妙地利用老人的负疚感及传宗接代意识，占尽便宜，但是连一点都不付出。他父亲终会为儿子献出最后一点光和热，而儿子，只会在有用的时候叫一声"爸"。

而我和周围的人都一直以为是那个人的错。

我真的认识这个男人吗？

九信又叫他一声，声音非常诚恳："爸，我想过了，或者可以叫'问陈'？"

仿佛生生世世在追问这个陈氏男人当初的薄情负心。

我不要我的儿子陷进上上一代莫名其妙的恩怨。

我插言："九信。我母亲上次来信，说我们叶家三个女儿，连一个姓叶的都没有，问我们的孩子可不可以在名字中加一个'叶'字。我已经应了，我看可以叫'问叶成'，成功的成？"

于是皆大欢喜。

他父亲临出门时，忽然又站住："借我一块钱搭车。"

问叶成？

真的是一个好名字。

谆谆询问：那片青翠的叶，是否已经成熟，是否已经成功？天然代表了母亲的心。

我也只是凡尘母亲罢了。

那时我们已想办法为诺诺上了户口，他现在名正言顺地叫"叶许诺"，每天骑自行车到附近的中学上学，每天下午放学时一身的汗气和重重的书包像任何一个十七岁的中学生。

然而那段日子，诺诺明显地心事重重，曾看到他在书本面前呆愣良久，而神色恍惚。我怪异，问他，却不肯说。

再问。他嗫嚅道:"……就是这样的。虽然我跟了我妈,但我爸开始其实对我还可以,后来生了妹妹……"

我失笑:"傻瓜。小户人家,增人不增钱,一张嘴就吃掉半壁河山,添丁进口,马上捉襟见肘,当然只有减人最一劳永逸。难道我还养不起你?何况你又是另一场婚姻的产物,处处让她记着另一个女人,你跟我,又纪念了什么?再说你和你妹妹都是你父亲的孩子,稍微前亲晚后,叫她怎么不多心?你是我儿子舅舅呢。"

诺诺茅塞顿开,愁云全散。

我在说谎。对我,和九信,诺诺的存在就是最好的见证,纪念那段出轨的日子,至今伤痕仍然,所以不敢触摸。九信,对诺诺反而极好,嘘寒问暖,大手笔给钱。谁也不曾提过让诺诺离开的事,就当他仅仅是因为我的好心而被收留的可怜孤儿,中间的一切过节都模糊。而一旦离开,就必定要想起他为什么会留下。

我宁愿忘却。

或许九信不愿。

那一次,我在厨房准备煨汤,拆了封才发现香菇不算顶好,只一犹疑,便立即决定去三站路外的农贸市场购买。

工作不过是第二职业,婚姻才是我的第一职业,九信此刻乃是我的老板,连老板的事都敷衍马虎,除非是不想混了。

匆匆出门,想:这种精神和态度,也就是阿二靓汤的

来历吧。

回家的时候才发现，出门太匆忙，忘了锁门。轻轻一推虚掩的门，只听九信在说话。

"她走了？是请假还是……什么时候？去哪里了？……哦，我知道了。有没有她的地址？不，不必……"看见他拿着手机的侧影在客厅及阳台之间。

手里的袋子忽然千斤重。

我下了楼。找了家咖啡厅坐下来，要了一杯橙汁，慢慢地，一点一点吮吸，直到全部吮净了，还在用力地吸着。

我的腮都吸得疼了起来。

小姐对我侧目。

我看上去一定很像来开洋荤的土老帽。

再上去，九信的电话当然已经打完了。

也许根本就不是她。只是任何一个人，生意上的朋友，当年的同学啊。也可能是换了一个她。

那也不要紧。

我和九信都已经有了经验。

他知道该如何进击，对家中封锁消息，在两个女人之间掌握适当的分寸。我知道该如何保护自己，必要的时候以攻代守，出去算丢掉回来算捡到。夫妻生活，本来就是一场持久战。运气好的人，可以打一辈子——所谓白头到老。

再不会像以前了，针锋相对，全力以赴，终至两败俱伤，血肉横飞。那样的输赢，其实都是输。这样的呢？没有输和赢，也许也都是输？可是我正学着不问问题。

我用手贴近腹部，感觉儿子在里面踢我——动荡不安，仿佛也体会了我的心境。

妊娠三个月的时候，反应极其强烈，觉得胎儿在我腹中翻江倒海，哪吒闹海——这点应该是像九信。

然后便太平无事，顺利成长，再无任何异常——这点，应该也像九信。

我将在六月做母亲，我的儿子将与万物蓬勃的夏天一起到来。

他将是我生命的一切。至于九信……

我微笑。

无论如何，我是问九信的原配。

而宣称："我是某某的原配"，是一个女人最大的骄傲。

…出版社,2010.2

…-0744-4

…Ⅱ.①叶…　Ⅲ.①中篇小说-中国-当代　Ⅳ.①I247.5

…版本图书馆 CIP 数据核字(2009)第 241401 号

原　配

作　　　者	叶倾城	
责 任 编 辑	刘丽刚	
封 面 设 计	贺玉婷	
责 任 印 制	李一鸣　黄厚清	
出 版 发 行	新世界出版社	
社　　　址	北京市西城区百万庄大街 24 号(100037)	
发 行 部	(010) 6899 5968	(010) 6899 8733(传真)
总 编 室	(010) 6899 5424	(010) 6832 6679(传真)
本社中文网址	hhtp://www.nwp.cn	
本社英文网址	hhtp://www.newworld-press.com	
版 权 部	+8610 6899 6306	
版权部电子信箱	frank@nwp.com.cn	
印　　　刷	三河市杨庄长鸣印装厂	
经　　　销	新华书店	
开　　　本	880×1230　　1/32	
字　　　数	110 千字　　印张:6	
版　　　次	2010 年 2 月第 1 版　2010 年 2 月北京第 1 次印刷	
书　　　号	ISBN 978-7-5104-0744-4	
定　　　价	22.00 元	